Weihnachten

Gans anders

Neue Weihnachtsgeschichten

für Große und Kleine

von Heide Binner

Weihnachten ist das Fest der Liebe – nicht das der Perfektion. Dieses Fest lebt vom Miteinander und Füreinander der Menschen, die es aus der Freude über die Geburt Christi feiern und denen es gelingt – oder einfach geschieht - dass sich ihre Freude mitunter sogar auf jene überträgt, denen der Anlass dieses Festes eher unwichtig, rätselhaft, egal... ist. ..

Heide Binner, geb. 1943, hat die diese Geschichten zum Vorlesen unterm Adventskranz und Weihnachtsbaum für ihre Kinder und Enkelkinder erdacht und aufgeschrieben.
Illustration Katharina Binner

Weihnachtsgruß

Über Weihnachten ist - mein ich -
alles ja schon längst gesagt -
aber Weihnachtsgrüße sind
weiterhin doch sehr gefragt -
drum ich will euch nicht enttäuschen,
nein, das liegt mir wirklich fern –
Weihnachten, das Fest der Liebe
und euch hab ich wirklich gern!
Also hier der Wunsch zum Feste:
Euch begegne nur das Beste!

                    Heide Binner

Bibliografische Information der Deutschen Nationalbibliothek:
Die Deutsche Nationalbibliothek verzeichnet diese Publikation in der Deutschen Nationalbibliografie; detaillierte bibliografische Daten sind im Internet über dnb.dnb.de abrufbar.

© 2016 Heide Binner

Herstellung und Verlag: BoD – Books on Demand, Norderstedt

ISBN: 978-3-741 281 006

Gastarbeiter?

Sachen gibt`s

Angelika Schiller schüttelte den Kopf. „Schon wieder so ein Witzbold, der denkt, wir haben hier nichts zu tun", fauchte sie, warf den Schrieb in den Papierkorb und vergaß ihn alsbald. Sie wusste auch ohne solche lächerlichen Schmierereien nicht, wo ihr der Kopf stand. Aus aller Herren Länder zog es Fremde nach Deutschland die alsbald Anträge über Anträge stellten. Alle, deren Name mit den Buchstaben N –P begannen, landeten auf ihrem Tisch.

Sie wandte sich wieder ihren turmhohen Aktenbergen voller Anträge, Eingaben und Beschwerden zu. Einige Tage später hielt sie erneut so ein dubioses Schreiben in der Hand – schon nach dem ersten Satz ließ sie es mit einem unwilligen Grunzen im Papierkorb verschwinden, überlegte es sich gleich darauf aber anders und holte sie es wieder hervor. Sie würde es ihrem Dienststellenleiter auf den Tisch legen. Sollte der doch mal sehen, womit sie sich so alles herumschlagen musste und es am besten gleich selbst beantworten. Sie war gespannt was er dazu sagen würde. Noch einmal las sie den Text und fand ihn nun, da sie sich für seine Bearbeitung nicht mehr zuständig fühlte, nicht mehr ganz so provokant.

Sehr geehrte Damen/Herren

Aufgeschreckt von Protesten in diesem Land gegen Ausländer bitte ich Sie um Mitteilung, ob jetzt und in Zukunft in Deutschland eine Tätigkeit in meinem Namen weiter erwünscht ist und ob ich darüber hinaus um meinen guten Ruf und die Sicherheit meiner Helfer besorgt sein muss. Wie sie vielleicht nicht wissen, bin ich von türkischer Abkunft, habe jedoch weder dort noch in ihrem Land, meinen Wohnsitz. Genaugenommen bin ich wohl staatenlos. Wie sieht es in diesem Fall mit der Erlaubnis aus, mit und in meinem Namen zu arbeiten? Mit freundlichen...

Sie ließ das Blatt sinken und grinste schadenfroh, der Chef würde sich freuen...

Einige Tage später:

Auf dem Flur der Arbeitsagentur drängten sich die Leute. Sie zwängten sich auf die wenigen Bänke, lehnten an den Wänden und saßen auf dem Boden. Stumpf starrten die meisten vor sich hin. Hier quengelte ein Kind, dort schimpfte ein Wartender auf zwei kleine Jungs, die ihm mit ihren Autos immer zwischen den Füßen herumfuhren, einem anderen war der Kopf auf die Brust gesunken - er schlief, kippte ab und zu bedrohlich zur Seite, fing sich aber immer wieder auf ohne dabei zu erwachen. Nur selten öffnete sich eine der vielen Türen und mehr oder minder unzufriedene Antragsteller verließen eilig den Gang, während die Verbleibenden hoffnungsvoll auf die Nummernanzeige in der Mitte des Flurs starrten.

Seltsamerweise waren es die Augenblicke des Aufrückens, in denen mitunter kurze Gespräche unter den Wartenden entstanden.

Schon lange hatte Horst Weber seinen sonderbar gewandeten Nachbarn unauffällig von der Seite gemustert. „Schon wieder so ein zugereister Exot", dachte er bei sich „warum rennt der hier in so einem Gewand rum, sieht ja aus, wie`n Komparse aus einem Historienfilm". Der so eingestufte lehnte gottergeben an der Wand, sah lächelnd auf die Kinder, schob hin und wieder ein verirrtes Auto zurück und faltete momentan Schiffchen aus Flyern für die Kinder.

„Komische Type", hatte er bei sich gedacht, „passt irgendwie nicht her". Aber wer passte schon her? Er fühlte sich hier jedes Mal doch auch wie im falschen Film – hätte ihm das einer vor zwei Jahren gesagt, dass er seine Tage auf so einem Flur verbringen würde, er... Nee, wollte er gar nicht mehr drüber nachdenken...

Horst Weber wandte sich seinem Nachbarn zu: „Sie sind neu hier, wa? – Hab Sie jedenfalls hier noch nie gesehen – oder...?"

Der so Angesprochene sah lächelnd von seiner Faltarbeit auf. „Stimmt – ich weiß auch gar nicht, ob ich hier richtig bin. Irgendwohin muss ich mich ja wenden. Man will ja keinen Fehler machen nicht wahr? Habe darum mal nachgefragt und," er zeigte auf einen Schrieb: "Man hat mich aufgefordert zur Klärung meiner Angelegenheit vorzusprechen!" Sein Aussehen und die Art und Weise wie er diese Wörter betonte, bestätigten Weber in seiner Vermutung:

„Sie sind nicht Deutscher – stimmt `s?" Jedes Gespräch war besser, als das stumme vor sich hin Starren "und woher kommen sie?" Freundlich antwortete der andere:

„Was soll ich sagen? –Meine letzter Aufenthaltsort ist wohl Italien. Nach meinem Geburtsort gelte ich jedoch als Türke – aber ich besitze keinen Pass von irgendwo. So etwas braucht man ja wohl hier in meiner Lage –oder?"

„Kommt drauf an, was sie wollen. Für eine Arbeitserlaubnis brauchen sie auf jeden Fall einen."

„Gibt es da keine Ausnahmen? So etwas wie allgemeines Interesse oder Gewohnheitsrecht?"

„Sie kennen sich aus, was?" Horst Weber sah ihn mitleidig an – „Hier zählen nur Fakten und Formulare. Ohne Papiere läuft nichts! Was hoffen Sie denn hier zu erreichen? Unterstützung oder Arbeit?"

„Unterstützung? Sie meinen finanzielle? Nein auf keinen Fall – und Arbeit? Davon habe ich mehr als ich schaffen kann. Ohne meine Helfer würde ich verzweifeln – Und dann gibt es da noch diesen Trittbrettfahrer – diese Kunstfigur, die meine Arbeit – ach was, meine Berufung - leicht abgewandelt übernommen hat...
Aber das führt jetzt zu weit...
Nein, ich will nur sicher gehen, dass alles, was ich zu verantworten habe, legal abläuft. In meiner Position wäre es fatal, wenn ich gegen die Regeln der Staatsgewalt handeln würde... *gebt dem Kaiser, was des Kaisers ist...* Sie verstehen?"

Horst Weber verstand nichts – aber langsam war er echt neugierig geworden. Jemand kam freiwillig her um „sicher zu gehen..." Er selbst verfuhr lieber nach der Maxime: *Jehe nie zu deinem Fürst, wenn de nicht jerufen wirst...*

„Darf man fragen, was das für eine Arbeit ist, von der Sie mehr als genug haben?"

„Ich würde sagen – in erster Linie eine Verteilertätigkeit - so ein Mittelding zwischen Sozialarbeit, Wohltätigkeit und Verteilerjob – zumeist im Bereich Kinder und Jugend – aber nicht ganzjährig ...".

„Ah ich verstehe...", (Horst Weber verstand nicht die Bohne, aber die Blöße wollte er sich nicht geben) „Sie verteilen Flyer ... machen Werbung mit und für Kinder. Interessant..., im Sportbereich oder eher Nachhilfe und Musikerziehung ? Na– da hängt ʻne Menge Papierkram dran. Ob Sie da hier richtig sind...?" Gewichtig mit dem Kopf nickend setzte er noch hinzu: „Bei Arbeit mit Kindern durch Leute mit Migrationshintergrund sind sie hierzulande ja besonders pingelig. Viel Glück!"

Sein Interesse erlosch, er hatte alles gesagt, was es seiner Meinung nach zu diesem Thema zu sagen gab

– nun wandte er sich wieder der Sportseite seiner BZ zu.

Der zarte Gong in Verbindung mit einer neuen Nummer ertönte. Der vermeintliche Türke erhob sich ohne Hast, nickte Horst Weber noch einmal freundlich zu und betrat das Zimmer der Sachbearbeiterin für die Buchstaben N- P, Angelika Schiller. Gleichzeitig mit einem höflichen: „Guten Tag –Ich soll mich hier melden...", legte er die Aufforderung zum klärenden Gespräch auf den Schreibtisch der Sachbearbeiterin. Sie warf einen kurzen Blick darauf und sah dann erstaunt hoch:

„Ach Sie sind also der Herr, der diese seltsamen Anfragen geschrieben hat. Ja wissen Sie, das war schon sehr ungewöhnlich...Bei sich dachte sie: „Sieht eigentlich recht nett aus – wenn auch etwas exotisch". Nachdem sie sich von ihrer Überraschung erholt hatte, wurde sie geschäftsmäßig: „Sie schrieben, dass Sie seit langer Zeit schon ein saisongebundenes Unternehmen betreiben und nun plötzlich auf die Idee gekommen sind, dass so etwas hierzulande genehmigungspflichtig ist..."

„Also Unternehmen würde ich das nicht nennen..."

„Aber Sie schrieben doch in ihrer Anfrage, dass Sie seit Jahren als Initiator einer landesweiten Aktion zur Verteilung von Süßwaren gelten – übrigens –besitzen Sie einen Gesundheitspass? Süßwaren sind Lebensmittel und das verlangt gesonderte Genehmigungen..."
„Also nein..., das wusste ich nicht – aber in meinem Fall - also ich verteile ja schon lange nicht mehr selbst – bin nur - wie schon gesagt, der Initiator ... oder Vorbild vielleicht... jedenfalls schon lange nicht mehr Täter! Ich wollte ja nur sicher gehen, dass Aktivitäten in meinem Namen ..."
Die Sachbearbeiterin unterbrach ihn: „Herr..." Sie blätterte in ihrer Akte - endlich war sie fündig geworden: „Hier... Sie schreiben, sie sind Türke ohne Pass? Wie kommt das? Wann oder wodurch sind sie ausgebürgert worden? Haben Sie vielleicht den Militärdienst verweigert oder sind anderweitig straffällig geworden? Ich finde in Ihrer Akte zudem weder einen Antrag auf Aufenthaltserlaubnis noch eine Duldung oder ähnliches. In dem Fall sehe ich keine Möglichkeit für Sie, eine offizielle Unterstützung Ihres wie auch immer gearteten Tuns zusagen zu können. Bemühen Sie sich

um gültige Papiere und dann sprechen wir uns wieder".

„Vielleicht habe ich das nicht richtig zum Ausdruck gebracht – aber es geht hier nicht nur um mich – alles was ich tue, – was in meinem Namen getan wird - , geschieht eigentlich auf Initiative eines jüdischen Zimmermanns und da ...In diesem Land... nach den Übergriffen..."

„Den Juden lassen wir jetzt mal aus dem Spiel – das ist gar nicht zu vergleichen – wir reden jetzt von Ihnen: Sie haben keinen Pass und damit sind Sie hier genaugenommen gar nicht vorhanden. Haben sie das verstanden"...sie warf einen Blick auf die Akte, „...Herr ...von Myra?" Sie stutzte: „Ihr Vorname ist Nikolaus? – klingt gar nicht türkisch. ... und dazu ein deutsches Adelsprädikat... Nikolaus von Myra? Sachen gibt `s..."
Lächelnd, aber den Kopf schüttelnd, verließ der Mann das Büro.

Weihnachten mal anders?

„Aber Vater, nun sieh es doch endlich mal ein – die Zeiten haben sich geändert und damit auch die Art und Weise wie wir Weihnachten feiern. Wir haben keine Kinder und sind auch keine mehr. Elvira und ich haben mit Freunden einen Bungalow auf Fuerteventura gebucht. Dort werden wir die Feiertage und den Jahreswechsel verbringen."

Ralf hatte sich vor diesem Gespräch gefürchtet und von vorneherein gewusst, dass sein Vater verletzt und enttäuscht sein würde – aber war es nicht sein gutes Recht, einmal anders Weihnachten zu feiern als in den vergangenen 29 Jahren? Ohne Vater?

„Dass sich die Zeiten ändern, mag sein – aber das heißt noch nicht, dass man jede Änderung mitmachen muss!" Benno Paschke war verletzt – innerlich. Zum ersten Mal kam er sich vor wie *zum alten Eisen geworfen* – abgelehnt – vor den Kopf gestoßen oder wie immer man das nennen wollte.

Ralf war sein einziger Sohn. Trotzdem hatte er es immer vermieden, sich ihm aufzudrängen oder gar etwas von ihm zu fordern – aber ihn Weihnachten alleine zu lassen...?

Enttäuscht und wütend stand er auf. „Wir sehen uns dann also nicht zum Fest? – Ihr bleibt dabei?" Benno räusperte sich oder war das ein versteckter Schluchzer, der in seiner Kehle quer saß? Seit seine Lisbeth ihn vor fünf Jahren verlassen hatte, verbrachte er den Weihnachtsabend bei seinem Sohn und dessen Frau – und nun sollte er ihn plötzlich alleine verleben?

„Papa, nun tu doch nicht so, als wenn die Welt untergeht. Wir wandern nicht aus, wir stoßen dich nicht von uns, wir wollen nur einmal nicht zuhause Weihnachten feiern."

Der alte Herr straffte sich und stand auf. Er würde seinem Sohn keine Szene machen.

„Papa, das Einzige, was ich mir von dir wünsche...", Ralf erhob sich ebenfalls und deutete eine versöhnliche Umarmung an, "...nee, es muss eigentlich heißen: ...was ich mir für dich wünsche ist, dass du dir endlich eine Beschäftigung suchst, eine Gruppe – irgendetwas, dass dir gut tut. Mama ist seit fünf Jahren tot. Du hast früher so gerne Skat gespielt... Es gibt doch Seniorenclubs im Nachbarschaftsheim, Gruppen in der

Gemeinde, die etwas zusammen unternehmen... Du bist doch nicht der einzige alleinstehende Herr. Früher warst du viel umtriebiger, unternehmungslustiger..."
„Ist schon gut. Magst ja Recht haben. Ich ...", Benno suchte nach Worten.
„Klar habe ich Recht Papa. Sieh dich mal um, tu was für dich. Und sei froh, dass du dich nicht auch noch um ein Geschenk für uns kümmern musst. Wir haben wirklich mehr als genug. Noch besser ginge es uns nur, wenn wir mehr von unserem Bruttoverdienst behalten dürften."
Ach jetzt lenkt er wieder ab und kommt zu seinem Lieblingsthema: der dringend notwendigen Steuerreform, vermutete Benno - aber er irrte sich, sein Sohn fuhr fort:
„Ich denke so oft: Was ist bloß aus dem Fest zur Geburt Christi geworden - dem Fest der Liebe? Das ist doch nur noch ein Riesenzirkus! Elvira und ich wollen mal keinen Kommerz mit Pflichtgeschenken und keine Gefühlsduselei, keinen Stress, keine Wohnung voller Tannennadeln und Kitsch... Ist das zuviel verlangt?"
„Ich hab`s schon verstanden", unterbrach Benno seinen Sohn und wandte sich zum Gehen. „Grüß deine

Frau von mir und macht euch keine Sorgen um mich." Der alte Herr öffnete die Wohnungstür, nickte noch einmal verbindlich und verließ das Haus.
In ihm rumorte es, tausend Gedanken schossen durch seinen Kopf: „Pflichtgeschenke!!! Phh, Freude wollten sie bringen und hätten dafür ihr letztes Hemd hergegeben..., Gefühlsduselei..., Stress... von wegen – das war echte Liebe und Herzlichkeit aus der heraus Liesbeth und er ihrem Kind alle Feste gestaltet hatten...
Und hatte er sie etwa nicht genossen?
Natürlich waren seine Frau und er nach den Feiertagen erleichtert, wenn es wieder ruhiger zuging, aber das hielt sie nicht ab, auch im folgenden Jahr weder Kosten noch Mühe zu scheuen – für ihn - und weil es ihnen Spaß machte, jawohl!
Jede kleine Anstrengung hieß heutzutage gleich Stress!
„So `n Quatsch!", sagte er so laut, dass Passanten ihn erschrocken ansahen. Doch davon bemerkte er nichts – in ihm kochte es weiter:
...Kommerz – auch so ein Schlagwort! Das, was sich sein Sprössling da gerade einredete – diese künstliche Sehnsucht nach einem Geschenke - freien –, einer

sogenannten *besinnlichen Weihnacht,* sollte sich durch einen Urlaub im Süden erfüllen? Das hatte mit der Geburt Christi doch noch viel weniger zu tun, als der Weihnachtsmann und liebevoll verpackte Geschenke unterm Baum.

War Weihnachtstourismus nicht sowieso durch und durch Kommerz?

...oder lag es an Elvira? Hatte sie bloß keine Lust für ihren Schwiegervater die Köchin zu spielen? Ein Jammer, dass die beiden keine Kinder bekommen hatten, dachte sich Benno zum wiederholten Mal. Dann wäre vieles anders – oder vielleicht auch nicht! Seine Nachbarn fuhren ja sogar mit ihren drei Kindern regelmäßig zum „Weihnachtsski" und die Großeltern durften die Geschenke am vierten Advent abliefern.

Der alte Herr verspürte keine Lust in sein leeres Zuhause zu gehen. Die Sonne schien für die Jahreszeit außergewöhnlich warm. Statt auf den Bus zu warten, beschloss er den Weg zu Fuß zurückzulegen. Zum Stillsitzen fühlte er sich in kritischen Situationen stets viel zu rastlos. Beim Laufen konnte er besser nachdenken und „Dampf ablassen". Mit energischen Schritten überquerte er die Hauptstraße und bog in eine ruhige Seitenstraße ein. Bis hierher hatte es die Stadtreinigung noch immer nicht geschafft, das Laub der vielen Straßenbäume zu beseitigen. Es häufte sich an Baumscheiben und in windstillen Ecken. Benno musste wider Willen lächeln, als er sich erinnerte, wie gerne er als Bub und später auch mit seinem kleinen Sohn, die Blätter mit den Füßen vor sich her geschoben hatte. Doch dann packte ihn wieder die Wut: Was ist aus dem fröhlichen, fantasievollen kleinen Bengel für ein trockner, überaus rationaler Kerl geworden. „...*such dir was*..." Ja wie denn, was denn? Als ob es so einfach wäre, in seinem Alter neue Kontakte zu knüpfen...

Mit einem wütenden Tritt schoss er einen Laubhaufen auseinander. Ein Lottoschein fiel ihm ins Auge. „...gib mir `ne Chance, kauf dir ein Los..." Der Witz von Kohn, der täglich flehte: "Gott lass mich im Lotto gewinnen..." fiel ihm ein. Er hob den Schein auf. 3 -14 – 16 –30 - 32 – 37 hatte der Spieler – wahrscheinlich erfolglos – getippt. „Beinahe Lisbeths und meine Geburtstagsdaten", staunte er, „ nur die 12 ist nicht dabei und die 30 passt zu keinem von uns".

Der Beinahe - Streit mit seinem Sohn ging ihm immer noch nach –, er musste etwas tun, der Rat- und Rastlosigkeit entkommen. Also steckte er den Schein ein und steuerte auf die nächste Lottoannahmestelle zu. Hier übertrug er die Zahlen und riskierte noch einen Tipp mit der 12 und ohne die 30 – sicher ist sicher – vielleicht wollte ihm jemand – Gott(?), – das Schicksal(?), seine Lisbeth (?), einen Wink geben.

„So", sagte er „Herr jetzt hast du ´ne Chance", und in dem Gefühl, wenigstens etwas getan zu haben, ging er, mit seinem Schicksal schon wieder fast versöhnt, nach Hause.

Das letzte Stück der Strecke führte an einer Baustelle vorbei – zum ersten Mal nahm Benno wahr, dass es sich dabei um eine zukünftige Seniorenresidenz handelte – dem Namen nach sogar etwas Anspruchsvolleres - jedenfalls verhieß das seiner Meinung nach der lateinisierte Name „Philemonium"

„...Philemon – der Freundliche – der Gastfreundliche... Ein gastfreundliches Haus also? Klingt nett... Da wäre er bei zukünftigen Weihnachtsfesten bestimmt nicht allein..."

Noch intensiver betrachtete er das Bauschild und schüttelte dann den Kopf: „Nee! Meine eigenen vier Wände aufgeben - so weit bin ich noch nicht!" Zielstrebig schritt er nun seinem Heim entgegen. Das Leben würde weitergehen, Weihnachten vorüber sein... wie gut, dass er eingelenkt hatte. Nichts wäre schlimmer, als mit seinem Sohn zerstritten zu sein – der Klügere gibt eben nach...

Die nächsten drei Tage vergingen – zwar nicht wie im Flug - aber wenigstens ohne Ärger. Sein Sohn rief gleich am nächsten Morgen an und goss Öl auf „die seelischen Wogen" seines alten Herren indem er gestand: „Vielleicht habe ich ja etwas heftiger argumentiert als es nötig gewesen ist... , und Elvira hat vorgeschlagen, am vierten Advent für uns zusammen eine kleine „Vorfeier" auszurichten... Schlaf mal drüber – wir haben ja noch nicht mal den ersten Advent, aber an dem sehen wir uns ja sowieso ..."

Auch Benno war um Ausgleich bemüht, bedankte sich artig für die Einladung und erzählte, dass er sich gerade im Internet das Programm der Urania ansehe...

„Hast ja Recht, ich muss mehr rausgehen", und legte nach weiteren belanglosen Floskeln auf beiden Seiten wieder auf. Seine Mine verhieß jedoch, dass er alles andere als zufrieden und voller Pläne war.

Dann überschlugen sich die Ereignisse – nein, eigentlich war es nur ein Ereignis, das alles in Bewegung brachte: ER hatte im Lotto gewonnen! Fünf Richtige mit Zusatzzahl und noch einmal fünf Richtige! Noch wusste Benno nicht, wie hoch die Gewinnquote letztendlich sein würde – aber bestimmt hoch genug, um damit einmal etwas Schönes zu machen.
Geld ausgeben, ohne Sorgen prassen... Immer wieder nahm er den Schein in die Hand.
Ihm war es nie schlecht gegangen. *Immer eine Mark mehr zu haben, als man zum Leben braucht,* war sein Motto gewesen und das Schicksal hatte ihm die Möglichkeit geschenkt, danach leben zu können.
Er sah sich um und horchte in sich hinein.... Was brauchte er - wollte er haben? ...ändern? ...tun? Sollte er sich um eine kleinere Wohnung in der Seniorenresidenz kümmern, die da gerade gebaut wurde? Ihm würden zwei Zimmer wirklich genügen. Ein Umzug war immer eine kostspielige Angelegenheit – aber jetzt wäre das ja kein Problem. Andererseits... die Erinnerungen... Jedes Stück, jeder Raum seiner Wohnung, gehörte zu seinem Leben mit Elisabeth - sein vertrau-

tes Zuhause seit fünfundvierzig Jahren. Wollte er das wirklich aufgeben?

Er musste sich ja nicht sofort entscheiden, könnte sich jedoch mal unverbindlich informieren...

„*Besitz schafft Sorgen*", hatte Franz von Assisi gemeint - Benno konnte das bestätigen. „Was tun mit dem Geldgewinn – was war sinnvoll?" Seinem Sohn wollte er vorerst nichts erzählen, doch dass er seinen Anteil an dem Gewinn haben sollte, stand für ihn fest. Und erstaunt bemerkte er, wie wenig der Satz *Geld spielt keine Rolle* gerade dann zutraf, wenn man genug davon besaß. Noch nie hatte der Mammon sein Denken so stark beeinflusst, wie jetzt. Benno hatte den Eindruck, als wenn Geld momentan die Hauptrolle in seinen Gedanken spielte.

Wieder einmal zog er seinen Mantel an, nahm die Schlüssel und verließ die Wohnung – laufend konnte er die Gedanken am besten ordnen und nebenbei noch einen Blick auf das Bauschild der zukünftigen Seniorenresidenz werfen um sich – für alle Fälle – die Telefonnummer des Vermietungsbüros zu notieren. Der November machte seinem Ruf als grauer Monat alle Ehre. Es nieselte, die Blätterhaufen hatten sich in rutschige Hindernisse verwandelt und es schien, als wolle es gar nicht hell werden.

„Jetzt müsste man irgendwo sein, wo die Sonne scheint...", dachte Benno sehnsüchtig. „Ich könnte ja auch mal gucken, was es gibt –Teneriffa oder Mallorca vielleicht..." Sich alles leisten zu können, war ihm noch ungewohnt aber er begann sich gerne daran zu gewöhnen und begab sich geradewegs ins nächste Reisebüro. Ein großes Kreuzfahrtschiff aus Pappe stand im Schaufenster. Sofort fiel ihm Karel Gotts Lied ein: *Einmal um die ganze Welt...* „Warum eigentlich nicht?", dachte Benno. „*Taschen voller Geld* sind vorhanden". Er betrat das Geschäft und bat um Angebote für Seereisen – „...wenn möglich sogar Weltreisen", setzte er wagemutig hinzu.

Die Angestellte händigte ihm lächelnd drei verschiedene Kataloge aus und wies besonders auf ein Schiff hin, das Deutsch als Bordsprache angab. In den letzten Jahren kamen immer öfter ältere Herrschaften, die ihre Lebensversicherungen auf solchen Reisen verjubeln wollten. Viele von ihnen bevorzugten auch unterwegs deutsche Lebensart und Küche. Dieser kleine, unauffällig gekleidete Herr schien ihr genau in diese Kategorie zu gehören.

Zufrieden begab sich Benno auf den Heimweg – endlich hatte er fast so etwas, wie eine Vorentscheidung für die Lösung seiner beiden Probleme „Weihnachtsabend und Geldanlage" getroffen.

Das Wetter wurde stündlich ungemütlicher, ein stürmischer Wind war aufgekommen und der Nieselregen in richtigen Regen übergegangen. Mit eingezogenem Kopf und hochgeschlagenem Mantelkragen versuchte Benno den Unbillen des Wetters zu trotzen. Er beschleunigte seinen Schritt – bloß nach Hause ins Warme. Da sah er einen alten Mann, der ungeachtet des Wetters, mit einer viel zu dünnen Jacke und völlig zerfledderten Schuhen bekleidet, die Papierkörbe an den Laternen nach Pfandflaschen durchsuchte.

„ Mindestens so alt, wie ich...", fuhr es ihm durch den Kopf. „Der arme Kerl hat sich seinen Lebensabend bestimmt auch anders vorgestellt..."

Da kam ihm plötzlich eine Idee. Schlagartig war Benno klargeworden, was er seinem Sohn zum Fest schenken würde. Es schien genau das zu sein, was er sich wirklich wünschte – wenn er dessen Worte: ...wenn *wir mehr von unserem Bruttoverdienst behalten dürften*, richtig interpretierte hatte.

 Aus Bennos Sicht war Weihnachten so gut wie gerettet. Zuhause kochte er sich einen heißen Tee und begann die Kataloge durchzusehen. Ganz besonders interessierte ihn eine Weltreise über 119 Tage zum Preis von 24 200 € - allerdings für eine Innenkabine. Sie begann noch vor Weihnachten in Hamburg und endete im Frühjahr dort wieder.

„Na, das wäre doch mal was – einen ganzen Winter schwänzen!" sprach er sich Mut zu und freute sich diebisch auf das Gesicht seines Sohnes, wenn er davon erführe. Das brachte ihn zum nächsten Punkt, dem Weihnachtsgeschenk – er musste nur noch zwei Tage warten – ab Mittwoch standen die Quoten in der Zeitung – dann erst konnte er sich festlegen.

Am Donnerstagvormittag betrat ein kleiner und ziemlich aufgeregter älterer Herr die Lottozentrale um 60 240 € für fünf Richtige mit Zusatzzahl zu kassieren. Für die fünf richtigen Zahlen, die er von dem gefundenen Schein kopiert hatte, erwarteten ihn 3276 € und 25 Cent.

Nachdem er seine Spielquittung vorgelegt hatte und ihre Prüfung erfolgt war, musste er nur sein Konto angeben und konnte wieder gehen.

 Das war`s? Außer einer routiniert vorgebrachten Gratulation und dem Angebot, ihm in Fragen der Geldanlage eine kompetente Beratung zu vermitteln, war nichts geschehen. „Die erleben so etwas wie mich ja schließlich jede Woche mehrfach", rief er sich zur Ordnung bevor ihm die Enttäuschung über die prosaische Aktion die Laune verdarb.

Aber nun schritt er zur Tat. Als erstes ging er ins Reisebüro und buchte die Tour *"Von Hamburg aus rund um die Welt"* ab 17. Dezember. Zum Glück war noch eine Innenkabine frei.

Dann musste er sich um Ralfs Weihnachtsgeschenk kümmern. Auch das geschah ganz problemlos.

Die ersten beiden Adventswochen flogen nun nur so vorüber – es gab viel zu tun und zu bedenken: Gesundheitscheck, Garderobe einkaufen, mit seiner Putzfrau die Pflege der Blumen verabreden sowie den gründlichen Frühjahrsputz noch in seiner Abwesenheit... Die Zeitung bestellte er ab. Er würde seinen

Sohn bitten, sich um die Post zu kümmern. Benno stellte schon mal eine Vollmacht aus.

Dann, an einem besonders düsteren, kalten Dezembertag nach dem zweiten Advent, fuhr er zu seinem Sohn. In der Innentasche seines Jacketts steckten die Vollmacht, ein weiters Couvert und der Reiseprospekt – der Tag der Wahrheit war gekommen!

„Nanu, Papa, schön, dass du mal vorbeischaust. Ist was...?", begrüßte ihn Ralf überrascht. „Elvira wollte dich schon lange anrufen – du weißt doch – unsere kleine Vorfeier..."

„Eben deshalb bin ich hier", unterbrach Benno seinen Sohn. „Ich habe am vierten Advent nämlich etwas anderes vor und darum bringe ich dir dein Weihnachtsgeschenk auch schon heute vorbei."

Mit geheimnisvollem Lächeln zog er die Papiere aus der Tasche und legte sie auf den Tisch. Der bunte Prospekt fiel Ralf zuerst ins Auge: „Eine Seereise? Für mich?"

Benno winkte ab und deutete auf das Couvert: „Das ist für dich, die Seereise ist für mich. Ich werde einmal um die Welt schippern. Schon in der nächsten Woche geht es los und kurz nach dem Osterfest bin ich wieder hier.

Öffne mal das Couvert und dann erkläre ich dir alles." Mit diesen Worten drückte er seinem Sprössling den Umschlag in die Hand.

Irritiert griff der danach, öffnete ihn sorgfältig mit dem Taschenmesser, zog ein DinA4 Blatt heraus - faltete es auseinander und überflog den kurzen Text. Verständnislos sah er danach seinen Vater an. „Eine Spendenquittung auf meinen Namen für die Kältehilfe der Stadtmission in Höhe von 10 000 €? Aber ich habe doch nie..."

Breit grinsend entgegnete Benno: „Du nicht, aber ich für dich. Du hast doch gesagt, dass du nichts brauchst und schon zufrieden wärst, wenn du das, was du verdienst, behalten könntest. Dadurch kannst du jetzt 10 000€ abschreiben! Das verringert doch deine Steuern schon – oder?"

„10 000€ hast du gespendet? Weil ich sonst nichts brauche?" Hin- und hergerissen zwischen Zorn und Sorge war er aufgesprungen, doch sein Vater zog ihn zurück auf den Sessel: „Ich konnte es mir leisten – glaub mir!" Dann erzählte er die Geschichte vom Lottoschein.

Weihnachtsliederhasser

Die Luft um ihn herum dröhnte – die Bässe, wummerten - Holger spürte jeden Schlag... Er mochte keine Rockmusik und Heavy Metall am aller wenigsten – aber selbst der erschien ihm jetzt im Advent erträglich – erträglicher als das allgegenwärtige Weihnachtsgedudel, dass er eben gerade damit zu übertönen versuchte.
In dieser Zeit war ihm alles Recht, was nicht nach Schneeflöckchen, holdem Jesuskind und trautem Licht klang – diese ganze Gefühlsduselei ging ihm auf den Zünder – in jedem Jahr mehr und in diesem besonders.
Holger Brand stellte den Lautstärkeregler auf volle Leistung – wäre doch gelacht, wenn die in der Wohnung unter ihm glaubten, dass sie ihn mit ihrem Gesinge

traktieren dürften – nur weil Dezember und Advent im Kalender standen!

Früher hatten seine Eltern auch mit ihm und seinen Geschwistern in der Weihnachtszeit gesungen – aber aus dem Alter war er raus – jetzt sah er klar: Die Welt war nicht so, wie in den Liedern und auf Adventskalenderbildern. Schon lange glaubte er nicht mehr an kleine niedliche Weihnachtsengelchen, den Weihnachtsmann und was an ihm noch alles dranhing ... Alles fauler Zauber! Er sah die Welt wie sie war, realistisch: kalt, laut und gefährlich – trotz Weihnachten! Und dann - wann hatte sich denn zuletzt mal jemand um den Inhalt der Lieder Gedanken gemacht? Wie sollte man denn bei **den** Texten an die Wirklichkeit des Weihnachtswunders glauben?

Unten sangen sie:

Maria durch ein Dornwald ging ...

Warum zum Henker soll sie sich das angetan haben? Gab es überhaupt Dornenwälder in Israel? Was dachte sich der Dichter da bloß – und die Sänger erst...?

Auf dem Berge da wehet der Wind – da wiegt die Maria ihr Kind...

Es wurde ja immer „schöner": das Kind zu wiegen? – er hatte immer von einer Krippe gehört aber nichts davon, dass das heilige Kind in dunkler Nacht auf einem eisigen Berg in einer Wiege geschaukelt worden war. Schrieb der Evangelist Lukas nicht nur von einem Stall und warmem Heu in der Krippe? Oder ist hier die Rede von einer kalten Nacht im Sinai, während der Flucht gen Ägypten – die Nächte dort sollen ja höllisch unangenehm sein... trotzdem -ne Wiege hatten die beiden bestimmt nicht dabei..., davon steht nicht mal etwas im Thomasevangelium - und da steht 'ne Menge drin, was Lukas nicht erzählt hat.

Endlos konnte er sich aufregen über diesen und anderen sentimentalen Quatsch: Am Weihnachtsbaum betende Engel... – von denen sangen sie eben.

Wenn er alleine an die vielen Marienbilder mit Kind dachte... Seit wann waren orientalische Kinder blond gelockt und überernährt? Jesus war eindeutig Israelit und damit Orientale! Glaubten die europäischen Christen etwa, Gott könnte nur einen blonden Sohn haben?

Noch schlimmer fand er diese dämlichen Bildchen mit Engelswerkstätten für Spielzeug... oder Weihnachtsplätzchen backender Wichtel... Kinderverdummung, jawohl!

Nee, ihm sollte man fernbleiben mit Weihnachten und dem ganzen Zauber – mit Religion überhaupt. Gab doch nur Streit. Nicht etwa Friede auf Erden...

Glohohoho-hohoho-hohohoriaaaaa, in excelsis deo- klang es herauf - lange hatte er gedacht, es würde „Exzellentes Deo" heißen? Konnten die Hirten bestimmt brauchen – Waschen war damals ja nicht so angesagt? Aber irgendwann war ihm aufgegangen, dass es kein Lied über `nen Antitranspirant war – schade, hätte ihm gefallen...

...wenn`s Weihnachten ist, dann kommt zu uns der heilige Christ und...

Es kann immer noch schlimmer kommen! Man höre und staune – nun schmückt Jesus sogar den Baum – und verschenkt Blechspielzeug – haben sie gerade unten aus voller Kehle gesungen. Holger schüttelte den Kopf – wenn es nicht so widersinnig wäre, könnte man sich amüsieren... Als er das aber neulich getan hatte, gab es gleich Liebesentzug. Das kam so:
Seine Freundin Elke hatte ihn zum Chorkonzert eingeladen. Ihre Mutter sang in einem Kirchenchor. Hätte er

geahnt, was ihn erwarten würde, wäre ihm sicher irgendeine glaubhaft klingende Ausrede eingefallen... Vorbei – er hatte es gründlich verpatzt.

Es war eines von den Konzerten, wo der Pfarrer zu Beginn feierlich vor die Gemeinde tritt, andächtige Worte verliest, anschließend ankündigt, dass am Ende eine Kollekte für einen guten Zweck gesammelt wird und die Zuhörer auffordert, reichlich zu geben. Außerdem verwies er auf die ausgeteilten Liederzettel und bat die Gemeinde, an den gewünschten Stellen kräftig mit einzustimmen in den Gesang zum Advent. „... zum Anfang singen wir nun alle gemeinsam: *Wie soll ich dich empfangen...*"

„Mir persönlich stellte sich ja eher die Frage nach dem OB und WANN, dann findet sich das WIE schon..." wisperte er seiner Freundin zu.

Die sah irritiert von ihrem Liederzettel auf. Er beeilte sich flüsternd zu erklären: „Na ja –Jesus empfangen... Will ich das? – Ich denke wenn der wiederkommt, dann ist Ende mit der Welt oder?"

Elke schüttelte verständnislos den Kopf und sang weiter.

Mit *Fröhlich soll mein Herze springen...* näherte sich der Chor nun dem Geburtsgeschehen – allerdings sehr verklausuliert:
Heute geht aus seiner Kammer Gottes Held, der die Welt reißt aus allem Jammer...
„Kammer? Aus was für 'ner Kammer?" Holger war irritiert. „Der kam doch aus 'nem Bauch wie jedes Kind denke ich – nicht aus 'ner Kammer", konnte er sich nicht verkneifen, zwischen den Strophen zu flüstern – leider nicht ganz so leise wie er wollte. Die Leute vor ihnen drehten sich missbilligend um und aus Elkes Augen traf ihn ein fast tödlicher Blick. Er hatte gar nicht gewusst, dass sie so giftig gucken konnte. Seine Worte: "War 'n Scherz", machten es auch nicht besser.
Oh Heiland reiß die Himmel auf... Die zweite Strophe hatte es in sich:
O Gott, ein' Tau vom Himmel gieß,
im Tau herab, o Heiland, fließ!
Ihr Wolken, brecht und regnet aus
den König über Jakobs Haus.
Wer denkt sich so was aus? Gott als Regenmännchen und Jesus schwimmt auf Regentropfen zur Erde oder

stürzt im Wolkenbruch hernieder? Diesen Gedanken behielt Holger sicherheitshalber für sich.

Der Heiland ist geboren... –
Endlich mal ein Lied, an dem er nichts auszusetzen hatte – im Gegenteil - er liebte die vielen Schleifen der Melodie:
Der Heiheiland ishist gebohohohoren, freu dihich oh Chrihistenheit..., sonst wären wir alle verlohohohoren in ahalle Ehewigkeit...Fr...
Inbrünstig schmetterte er das Lied mit. In seiner Begeisterung übersah er leider, dass die Strophen 1,3 und 5 nur der Chor singen sollte. Elke warf mahnende Blicke, die er so lange für bewundernde Blicke hielt, bis sie ihm ihren Ellenbogen unsanft in die Rippen stieß. Da erst erwachte er aus seinem Beigeisterungstaumel.
Von nun an war er auf der Hut – merkte nichts mehr an, hielt sich an die Direktiven des Liederzettels und klatschte am Ende begeistert. Es nützte nichts. In Elkes Augen war er nur noch blamabel. Zum Beginn der Pause fragte sie ihn, ob er etwa auch noch den zweiten Teil hören wolle.

„Klar, gerne, singen doch alle toll...", beeilte er sich zu sagen.

„Dann setz dich aber woanders hin!", erwiderte sie eisig und ließ ihn stehen. Da war er dann gegangen. Seither stand er mit Weihnachtsliedern erst mal auf dem Kriegsfuß - weil da irgendwas nicht stimmte... Mit ihm? Nee bestimmt nicht. Mit Elke? War ihm vorher gar nicht aufgefallen... Und mit Weihnachten...?

Gestern traf er Ingo mal wieder. Dem ging es ähnlich. Er hatte sich aber einen Trick ausgedacht, berichtete der: „Ich höre nur noch englische Weihnachtslieder. Da stört mich der Text nie. Ist doch wie mit den Schlagern. Textlich gesehen Mist – aber die Musik ist o.k."

Wäre vielleicht ein Weg – aber ob der sich noch mal mit Elke kreuzt?

Da waren Hirten auf dem Felde...

Er stand etwas abseits der Herde, die sie endlich für die Nacht zusammen getrieben hatten. Es war schon fast dunkel.
Ein Hirte machte sich am Feuer zu schaffen. Es wollte nicht recht brennen, derweil bauten zwei andere von ihnen aus dürren Dornenzweigen eine vor einer Nische am Berg. Hinter ihm sollten die Tiere die Nacht verbringen.
Ein schwerer Tag lag hinter den vier Hirten. Nur mit Mühe hatten sie ihre Tiere zusammen halten können, als ein Bauer mit seinen Knechten mitten in die Herde geritten war, um sie von seinem Land zu vertreiben. Wüste Drohungen und auch den einen oder anderen Hieb hatten sie einstecken müssen.
Nun rüsteten sie sich für die Nacht – für den Kampf gegen Kälte und Angst. Angst vor dem, was ihnen drohte, wenn es nicht gelang, die Herde bei Kräften zu halten, ...vor dem Verlust von Tieren, ...vor der Anschuldigung des Versagens oder gar, sich selbst bereichert zu haben, wenn ihnen eines an der Zahl fehl-

te, ...vor der allgemeinen Nichtachtung ..., ach vor dem Leben überhaupt.

Auch die Schafe kamen nicht zur Ruhe. In dem engen Pferch drängten sie sich blökend aneinander.

Flehend erhob der Alte seine Arme zum Himmel und klagte dem Erhabenen sein Los.

„In mir ist Nacht – alles ist kalt, dunkel und beängstigend.

Wann oh Herr wirst du dich unserer erbarmen, werden wir nicht mehr vertrieben, verspottet und verachtet?

Wir haben Hunger nach Gerechtigkeit und Anerkennung.

Mein Rücken ist schmerzhaft gebeugt – nicht nur von der schweren Arbeit, dem harten Lager – sondern auch durch die Verachtung, die wir täglich erfahren.

Verdächtigungen und Ablehnung - wohin wir kommen. Nur Mietlinge seien wir, unwert und unrein - innen und außen!

Oh ja, Ewiger - es stimmt, wir duften nicht nach Jasmin – wie denn auch? Wer Tag und Nacht mit Schafen und Ziegen zusammen ist, riecht auch wie sie. Hast du Herr, ihnen diesen Geruch nicht gegeben? Was ist schlecht an ihm?

Wir leben fern vom frischen Wasser auf dem freien Feld und haben die Farbe des Erdbodens angenommen. Ist es nicht die Erde, die Du Herr geschaffen hast, damit wir auf ihr und von ihr leben? Was ist so schlecht daran, dass man uns verachtet?

Sind wir nicht Söhne deines Volkes und verrichten unseren Teil deines Auftrags, hüten deine Geschöpfe, die Schafe und Ziegen zum Wohl deines Volkes, wie es einst auch König David tat?

Ach Herr, du kennst uns – von innen und außen. Verschaffe uns Recht vor denen, die uns unserer Rechte berauben wollen. Das bitte ich dich. Amen"

Der alte Hirte ließ die Hände sinken und wandte sich wieder den anderen zu, die inzwischen um das Feuer herum saßen.

Der Sommer mit seiner langen Trockenheit hatte sie gezwungen mit ihren Herden weit in den Norden zu ziehen. Im Negev – weit südlich von Beersheva waren sie zuhause. Dort in den Wadis gab es schon lange keinen Halm mehr. So hatte man sie mit den Herden gen Norden geschickt. Alle waren hungrig. Es war die schwerste Zeit für Hirten und Herde. Weite Strecken mussten sie auf der Suche nach Futter für die vielen Tiere zurücklegen. Bis kurz hinter Bethlehem waren sie gezogen. Hier war es am Morgen zum Kampf mit den ansässigen Bauern und Hirten gekommen. Der Übermacht waren sie nicht gewachsen. Geschlagen hatten sie sich zurückgezogen und lagerten zur Nacht nicht weit vor den Toren der Stadt. Morgen würden sie den schrecklichen Weg zurück antreten – in den Hunger und die Ungewissheit. Wenn doch nur der Regen bald einsetzte, der Segen von oben ihnen und ihren Herden Erleichterung verschaffen würde.

Schwer und dunkel lastete die Sorge auf allen. Unruhig wälzten sie Mensch und Tier.

Aber dann – es geschah etwa in der Mitte der Nacht.... – der Druck war weg – ja wirklich – wo eben noch alles in schwarze Dunkelheit getaucht war, wo Kälte, Hunger und Sorge schwer auf Jedem rings um das verlöschende Feuer lastete, schien plötzlich alles leichter, heller zu sein – sang nicht sogar die Luft ? Ein heller Schein umgab die Männer und eine Stimme – liebevoll und sorgend - bat sie, sich nicht zu fürchten, sich im Gegenteil - zu freuen! Zu freuen, dass sich Gott der Allmächtige ihrer erbarmt und in seinem Sohn zu ihnen gekommen war.

Erschrocken sahen sie sich an – was auch die Stimme sagte, es war zu unglaublich. Ein Jeder zweifelte an sich und seinen Sinnen...

Aber es war wirklich! Immer wieder und wieder vernahmen sie die Stimme aus der Helligkeit, die frohe Botschaft: *Gott will euch in seinem Sohn nahe sein. Schaut das Wunder der Gottesgeburt mit euren eigenen Augen.*

Gott wurde einer von euch – geboren wie ihr - arm und schwach ist er zur Welt gekommen – euch ganz nah.

Lauft hin zu dem Stall, lasst euch überzeugen, trösten und stärken.

Irgendwann konnten sie nicht anders – sie ließen die Herde Herde sein – was hatten sie schon zu verlieren? Konnten sie nicht nur gewinnen – gewinnen durch den Glauben an dieses Wunder?

Und sie machten sich auf.

In einer armseligen Unterkunft erfuhren sie die reine Freude über das Leben, spürten die Liebe, die tröstende Macht, die von diesem Kind – Gottes Kind - ausging. Alle Verzweiflung fiel von ihnen ab. Wo eben noch Angst vor dem nächsten Tag vorherrsche, zog nun Hoffnung ein und die Gewissheit, dass Gott ihnen nahe war – überall und immer.

Gestärkt kehrten sie zurück. Die Nacht war nicht mehr so schwarz – ein Licht war in ihre Dunkelheit gekommen. Hatte Jesaja nicht genau das vorhergesagt?

Lost and found (1)

Eine Koffergeschichte in zwei Variationen

Markus Baumann schulterte die Umhängetasche, nahm den dunkelblauen Rollkoffer vom Band und begab sich zum Taxistand. Er war froh, der festlich motivierten Hektik um ihn herum zu entkommen. Es war sozusagen „heilig Mittag" - eigentlich schon fast früher Nachmittag -14.00 Uhr genau – die meisten seiner Mitpassagiere wollten in wenigen Stunden unterm Christbaum sitzen und Weihnachten feiern. Inmitten von all den Frauen und Männern, Vätern, Großeltern, Söhnen, Töchtern, Onkeln und Tanten, die bepackt mit unzähligen Tüten und Taschen zu ihren Familien und Freunden reisten, kam er sich wie ein Außerirdischer vor. Ihn erwartete niemand. Er besaß keine Familie – wenn man mal von einem Cousins absah, zu dem er aber schon lange keinen Kontakt mehr hatte. Selbst seine langjährige Freundin erwartete ihn nicht mehr, sie würde im Februar ihren Italienischlehrer heiraten. Diese Ankündigung war ihm vor zwei Wochen per Email zugegangen und traf ihn völlig unvorbereitet. Bisher war er davon ausgegangen, dass Maja demnächst zu ihm nach Florenz ziehen würde, wo er seit zwei Jahren die Zweigstelle seiner Firma leitete. Dass sie zuvor noch einen Intensivkurs in Italienisch belegen wollte, hatte er sogar begrüßt. Sie hatte den Begriff wohl zu wörtlich genommen.

Die Tage zwischen den Jahren würde er nun eben mit sich alleine zuhause verleben. Markus redete sich diesen Umstand schon seit Tagen schön. „Es soll ja nirgendwo so oft Streit geben, wie in den Familien an Festtagen. Wahrer Friede auf Erden ist nur bei Singles zu finden!", erklärte er einem Mitarbeiter, der ihn nach seinen Plänen zum Fest befragt hatte. Seine Kollegen hatten noch keine Ahnung von der Wendung in seinem Privatleben, es ging sie auch nichts an. Also flog er wie geplant über die Feiertage nach Deutschland. Im Duty-free-shop versah er sich mit dem Nötigsten: einer Flasche Hennessy, etwas edlem Schinken, Käse und Gänseleberpastete, auch ein Baguette erstand er auf dem Flughafen. Einige Lokale waren zu den Feiertagen bestimmt geöffnet – wenn ihm danach war, würde er also sogar in den Genuss einer knusprigen Gänsekeule kommen.

Das Taxi hielt. Markus entlohnte den Fahrer, ergriff Koffer und Tüten und erklomm die Stufen zu seiner Wohnung. Schwer atmend erreichte er den zweiten Stock. „Ich bin völlig aus der Übung", registrierte er erstaunt seine Atemlosigkeit. So schwer war ihm der Koffer heute früh gar nicht vorgekommen. Er hätte den Fahrstuhl nehmen sollen.

Vielleicht weil ihm vom Treppensteigen so warm war, bemerkte er die Kälte der leeren Wohnung eigentlich gar nicht, dennoch fröstelte er. Nach mehr als einem viertel Jahr ohne Unterbrechung fern von zuhause, kam er sich vor, wie ein ungebetener Gast – niemand hatte ihn willkommen geheißen und heute konnte er auch niemanden anrufen und zu einem Begrüßungsbier verleiten – an diesem Tag blieb er ganz und gar auf sich gestellt.

Er lüftete kurz und drehte anschließend die Heizungsventile weit auf. Seit er die Wohnung betreten hatte, lief er auf Socken herum. Nun waren seine Füße ebenso eiskalt wie die Heizung, dazu kam die Kälte und Ödnis der leeren Wohnung... Er beschloss ein heißes Bad zu nehmen. Bis er dem entsteigen würde, hätten es die Heizungen vielleicht geschafft, die Räume ein wenig zu erwärmen.

Während das Wasser rauschend die Wanne füllte, vernebelte der Dampf das kalte Badezimmer. Rasch zog er sich aus und ließ sich wohlig aufseufzend ins heiße Wasser gleiten. Endlich angekommen. Er schloss die Augen und ... das Telefon klingelte! Markus schreckte hoch. Wer wusste denn, dass er schon zu Hause war? Er lauschte - der Anrufbeantworter würde es ihm gleich verraten.

„Hallo Herr Baumann. Ihre Telefonnummer steht zum Glück auf ihrem Kofferanhänger. Sind sie schon zuhause oder suchen sie noch nach ihrem Gepäckstück? Hier spricht Angelika Kranz, ich habe nämlich ihren Koffer – er sieht aus wie meiner. Haben Sie stattdessen meinen? Ich warte noch zehn Minuten auf ihren Rückruf, 01726377632 dann fahre ich nach Hause. Meine Adresse steht auf dem Kofferschild – wenn sie ihn haben. Ihren bringe ich dann zum *Lost and found - Schalter*. Melden Sie sich bitte dringend!

„Ein Scherz. Das ist nicht wahr", fuhr es Markus durch den Kopf. Doch nein – wer denkt sich so etwas schon aus? Wenn aber doch... ? Nein, Blödsinn – er kannte doch seinen Koffer! Wenn aber nicht?

Unsicher geworden, entstieg er der Wanne, legte sich das Badetuch um und ging, überall nasse Fußtapsen hinterlassend, ins Schlafzimmer. Dort stand das Corpus Delicti und nun sah er schon von ferne, dass alles kein Scherz war. Der Anhänger war aus edlem Leder – seiner hingegen aus schlichter Plastik – „...aber beide sind blau!" rechtfertigte er sich vor sich selbst. Frierend fummelte er sein Handy aus der Hosentasche, hörte noch einmal den Anrufbeantworter ab und wählte die angesagte Nummer. Innerlich Zähneknirschend – äußerlich Zähneklappernd, wartete er darauf, dass die Dame sich meldete.

„Hallo, na endlich! Wo stecken sie denn? Ich stehe hier mit ihrem Koffer, sie haben bestimmt meinen. Sie haben uns in eine ganz schön blöde Situation gebracht - fünf Minuten vor Weihnachten!"

„Stopp! – Weshalb ich? Steht denn fest, wer zuerst welchen Koffer...?"

„Das ist doch jetzt nicht der Moment für Gezänk und Schuldzuweisungen, finden Sie nicht auch?", unterbrach sie ihn. „Die Frage ist doch, wie stellen wir es an, aus dieser verfahrenen Situation möglichst schnell heraus zu kommen oder, wer bringt wem den Koffer, damit ich nicht ohne Geschenke unterm Baum stehen muss. Also, was schlagen sie vor?"

Nackend, nass und frierend, von seiner Schussligkeit und ihrer forschen Stimme einigermaßen irritiert, war er zu keinem schnellen Entschluss fähig und stotterte: „Sie haben Recht, es tut mir leid. Ich muss unter keinem Baum stehen. In meinem Koffer sind auch keine Geschenke, aber natürlich - ich muss mich aber erst... also ich werde ..."

„Nein, lassen sie mal. Ich nehme jetzt die Sache – also ihren Koffer in die Hand, springe in ein Taxi und komme zu ihnen. Sie wohnen ja nicht so weit weg, ich bin in etwa 10 Minuten da. Sagten Sie, dass sie nicht feiern? Sind sie ein Zeuge Jehova oder Moslem?"

„Nein, weder noch – nur... also ich habe, ... ich habe keine Familie – ich lebe alleine." Plötzlich empfand er seine familienlose Existenz als peinlich und hatte das Gefühl, sich rechtfertigen zu müssen. Aber wieder ließ sie ihn gar nicht zu Wort kommen:
„Ihren Koffer werden sie aber bestimmt trotzdem haben wollen – oder? Ich bin gleich bei ihnen." Ohne auf eine Erwiderung zu warten, legte sie auf.
Markus ging zum Schlafzimmerschrank. Wie gut, dass er wenigstens noch etwas Bequemes zum Anziehen im Schrank hatte. Während er in die Jeans stieg überlegte er, wie er sich für den Bringedienst revanchieren könnte. Seine Vorratslage in punkto Wein war dürftig, Konfekt oder andere unverfängliche Kleinigkeiten hatte er auch nicht zu bieten und Parmaschinken erschien ihm als Geschenk in dieser Situation nicht passend. Es klingelte: „Da sind wir, ihr Koffer und ich", schallte es aus der Sprechanlage: „Ich komme rauf. Wie hoch muss ich?" „Zweite Etage – aber ich kann doch..." „Bin schon unterwegs", würgte sie ihn ab. Marcus öffnete die Wohnungstür und stellte ihren Koffer gleich daneben. Der Aufzug hielt und eine Dame, rundlich – Mitte fünfzig, schätzte er, – mit einem frechen Kurz-

haarschnitt, grün- rot gefärbten Ponyfransen - eingehüllt in ein tomatenrotes Cape, stand vor seiner Tür. An ihren Ohren hingen kleine Christbaumkugeln in grün und rot und auf ihren gestylten Fingernägeln blinkten Sternchen.

Markus starrte die Dame verblüfft an – er hatte sie sich so ganz anders vorgestellt – der Stimme nach, wie eine Lehrerin, allenfalls eine Chefsekretärin – streng, konservativ und... jünger. Die Stimme hatte eindeutig nach einer energischen jüngeren Frau geklungen. Natürlich entging Angelika Kranz seine Verblüffung nicht. Sie grinste. „Was irritiert sie mehr an der Oma – die Christbaumkugeln oder die Sternchen?", fragte sie und betrachtete stolz ihre Fingernägel. Marcus kam sich ertappt vor und stotterte eilends eine Erklärung: „Nein, alles das ist es nicht. Aber ich hatte sie mir so viel anders vorgestellt – strenger – nicht so ... so fröhlich. Entschuldigen Sie bitte. Wollen Sie hereinkommen oder sind sie sehr in Eile?" Er nahm ihr den Koffer ab und ging voran. Angelika Kranz betrat den Flur und sah sich um. Ihr entgingen weder die Kälte noch die völlige Schmucklosigkeit der Wohnung.

„Hier wollen sie heute den Weihnachtsabend verleben? Ganz alleine?" Marcus beeilte sich ihr von seinen Vorräten zu erzählen, verwies auf die anstrengenden vergangenen Wochen, sein Bedürfnis nach Erholung und zückte sein Portemonnaie: „Darf ich ihnen wenigstens das Taxigeld erstatten?", fragte er, doch davon wollte die muntere Dame nichts wissen. „Ich habe eine viel bessere Idee", wandte sie ein: „Sie bringen mich mit ihrem Auto – sie haben doch eins, oder...?" Er verneinte. „Leider nicht hier. Mein Wagen steht in Florenz. Ich bin nur für ein paar Tage hier..." „Na dann nehmen wir eben wieder ein Taxi. Sie begleiten mich zu meiner Tochter und feiern mit uns zusammen. Miri kocht immer zu viel. Sie freut sich über jeden Esser und mein Schwiegersohn wird über einen Mann als Gegengewicht zu mir auch nicht böse sein. Kommen Sie, so machen wir das. Diese Verwechslung muss einen Sinn haben, das ist mir eben klar geworden!"

Markus sah sich erstaunt um und widersprach nur pro forma. Ihr: *„Hier wollen sie den heiligen Abend verbringen...?"*, hatte ihm urplötzlich die Augen geöffnet. Nein – im Grunde wollte er nicht! Wie hatte er nur je denken können, das zu wollen. Hatte er ja gar nicht

- sondern wie so oft in seinem Leben, einfach nur funktioniert – getan, was vernünftig schien! Er hatte diesen Weihnachtsurlaub ursprünglich für und Maja geplant und ihn nicht rückgängig machen wollen – der Kollegen wegen.

Plötzlich kam ihm der Gedanke, den Weihnachtsabend mit anderen Menschen zu verbringen, gar nicht so abwegig vor– egal, wie fremd sie waren.

Ihm fielen die Bremer Stadtmusikanten ein: *...etwas Besseres als den Tod findest du überall!* Wahrscheinlich ließ sich das auch über eine leere, kalte Wohnung sagen, dachte er entschlossen und erbat sich ein paar Minuten zum erneuten Umziehen. Danach nahm er die Flasche Hennessy, ergriff Angelikas Koffer und wartete mit ihr nur wenige Minuten auf ein zufällig vorbeifahrendes Taxi. Zum ersten Mal seit Jahren fühlte er sich wieder so freudig aufgeregt, wie als Kind vor der Bescherung. Während er suchend am Straßenrand stand, griff Angelika zum Handy und kündigte ihr Erscheinen bei der Familie an: „Ich habe meinen Koffer wieder und bin gleich mit jeder Menge Weihnachtsüberraschungen bei euch und ich bin sicher, sie werden euch gefallen", verkündete sie bewusst geheimnisvoll. So war`s!

Markus und der Hennessy trugen nicht unwesentlich zum Gelingen des Abends bei.

Lost and found - Variation

.... Nachdem er kurz gelüftet hatte, drehte er die Heizungsventile weit auf. Seit er die Wohnung betreten hatte, lief er auf Socken herum. Nun waren seine Füße ebenso eiskalt wie die Heizung, dazu kam die Kälte und Ödnis der leeren Wohnung... Er beschloss ein heißes Bad zu nehmen. Bis er dem entsteigen würde, hätten es die Heizungen vielleicht geschafft, die Räume ein wenig zu erwärmen.

.

Während das Wasser rauschend die Wanne füllte, wollte Markus seine Hausschuhe aus dem Koffer holen. Doch – was war das? Der Schlüssel gehörte eindeutig nicht in dieses Schloss. Wie konnte das sein? Er besaß doch gar keinen anderen Schlüssel – auch keinen anderen Koffer. Sein Blick fiel auf den Anhänger. Nun war ihm alles klar: das war ja gar nicht sein Koffer!

Isabel Krieger – Heimstraße 19-Berlin Tel. 030 6640533, las er „Schöne Sch..., ich Esel habe den falschen Koffer mitgenommen." Was nun? „Glück im Unglück – wenigstens eine Berliner Telefonnummer", dachte er und griff sofort zum Telefon. Vielleicht war die Dame ja schon zu Hause...

Es läutete nur zweimal, da nahm auch schon jemand ab. Die Stimme deutete auf eine ältere Dame: „Bella? Sag mal, wo steckst du bloß", rief sie in den Hörer bevor Markus sich melden konnte. „Markus Baumann hier. Entschuldigen Sie, ich habe vorhin am Flughafen versehentlich den Koffer einer Isabel Krieger gegriffen. Bestimmt ist sie noch dort und meldet ihren als vermisst. Hätten sie eine Handynummer, mit der ich sie erreichen kann?" erklärte er die Lage. Die Teilnehmerin am anderen Ende zog tief die Luft ein. „Ach herrje, das ist ja eine schöne Bescherung", die alte Dame schwankte zwischen Ärger und Erleichterung. Sie hatte gerade begonnen sich Sorgen zu machen, weil ihre Enkelin sich noch nicht gemeldet hatte. Nein, eine Handynummer hätte sie nicht, sagte sie dann bedauernd „...aber -ach herrje, was kann ich – was soll ich nun bloß tun?" Sie war Markus keine Hilfe.

Der fluchte in sich hinein, sagte aber beruhigend: „Sie müssen gar nichts tun. Ich werde am Flughafen anrufen, in ein Taxi steigen und ihnen ihre Enkelin samt Koffer vorbeibringen", versprach er. „Bis zum Kaffeetrinken ist sie da."

Er sparte sich den Anruf und fuhr gleich zum Flughafen. Vor dem „Lost and Found"- Schalter der Fluggesellschaft stand eine lange Schlange. Die Stimmung in dieser Anhäufung von Pechvögeln war alles andere als weihnachtlich. Tränen der Wut und Enttäuschung rannen über so manche Wange. Ausgerechnet heute ohne die liebevoll ausgesuchten Geschenke bei den Lieben ankommen zu müssen, war hart. Zu spät zur Gans zu kommen ohne eigene Schuld, auch nicht angenehm – was für ein Einstieg in das schönste aller Feste!

Markus bekam ein schlechtes Gewissen. Er sah auf die Uhr: Vor neunzig Minuten war er gelandet. Ob sich die Besitzerin dieses Koffers auch noch in dieser Schlange befand?

„Ist hier eine Frau Isabella Krieger?" fragte er laut.

Ein junge Frau die ganz vorne in der Schlange stand - sehr jung und sehr hübsch - fand Markus, sah ihn erstaunt an. „Ja?"

„Ich habe hier etwas, dass sie vermissen, stimmt `s". Er sah auf den Koffer und lenkte so ihren Blick ebenfalls auf das gute Stück. Sprachlos starrte sie ihn an "Wie kommen Sie denn...?" „Mea Culpa!", gestand er reuig „Ich war übereilig und habe den falschen Koffer gegriffen. Meiner sieht genauso aus... Können Sie mir verzeihen. Ich habe es auch schon ihrer Großmutter gebeichtet." „Meiner Großmutter?" Isabel bekam einen Schreck – sie hatte ganz vergessen, sich bei ihr zu melden, hatte nur an das Gepäck gedacht...

„Ja, sie war schon ganz aufgeregt weil sie sich noch nicht gemeldet haben. Ich musste ihr versprechen, Sie samt Koffer ganz schnell bei ihr abzuliefern. Nehmen Sie meine Entschuldigung an? Ich bin zu jeder Wiedergutmachung bereit."

Isabel betrachtete ihr Gegenüber. Langsam schwand der Ausdruck der gerechten Empörung einem Lächeln. Er sah sie mit seinen braunen Dackelaugen so bittend an, dass sie gar nicht anders konnte, als ihm zu verzeihen. Mit dem typisch weiblichen Sinn für das Praktische fragte sie ihn: „Und ihr Koffer?" „Ich fürchte, dem ist von den vielen Runden auf dem Band schwindlig und er wird inzwischen sicher irgendwo als herrenloses Gepäck zur Sprengung vorbereitet", seufzte er. „Ich hole ihn in den nächsten Tagen ab. In meinem Schrank liegt noch etwas Wechselwäsche bereit". Diese Lösung sagte ihr nicht zu. „Nehmen sie meinen Platz ein und klären sie das gleich!" forderte sie ihn auf. Er beendete den edlen Wettstreit indem er „Ihre Großmutter wartet", sagte und samt ihrem Koffer energisch dem Ausgang zustrebte.

Als er sie vor ihrem Wohnhaus absetzte, bat sie ihn, ihr den schweren Koffer hinauf zu tragen. „Sie haben jede Wiedergutmachung angeboten", erinnerte sie ihn „und das ist doch das mindeste, finden sie nicht?" Ohne seine Antwort abzuwarten, öffnete sie die Haustür und ging voraus. Ergeben trabte er mit dem Koffer hinterher. Im dritten Stock stolperte er leicht – da traf ihn der Schuss – der Hexenschuss. „Aua – verflucht -..." Der Koffer entglitt ihm und fiel die letzten fünf Stufen wieder hinunter. Markus wollte ihn reflexartig greifen. Dabei machte eine halbe Drehung – das gab ihm den Rest. Aufstöhnend ging er in die Knie.

Isabel, schon fast im vierten Stock angekommen, hörte nur den polternden Koffer. „Um Himmelswillen, seien sie doch etwas vorsichtiger sein. Verlassen sie etwa schon die Kräfte? Nur Mut, Sie haben es ja gleich geschafft", tröstete sie ihrem Kavalier.
„Ich –, ich kann nicht..., ich glaube ich brauche einen Arzt...", stöhnte Markus.
Die junge Frau stutzte und kam wieder hinunter. Krumm und mit schmerzverzerrtem Gesicht hockte Markus auf den Stufen. „Mein Rücken, – ich kann mich nicht bewegen..., – rufen sie einen Arzt ,– bitte lassen sie mich hier sitzen", flüsterte Markus. Ihm war schlecht vor Schmerz.
„Ach herrje – sie meinen das ernst?" Isabel konnte es nicht fassen. War das noch derselbe Mann? „Einen Arzt – sie meinen einen Notarzt, die Feuerwehr?"
„Machen sie was sie wollen, aber bitte schnell."
Isabel eilte nach oben. Ihre Großmutter hatte schon die Wohnungstür geöffnet. Ohne sie zu beachten stürzte die junge Frau ans Telefon und rief den Rettungsdienst der Feuerwehr. Schon zwölf Minuten später waren die zur Stelle. Isabel begleitete Markus ins Krankenhaus. Auf der Rettungsstation war ein Betrieb,

wie an jedem anderen Tag auch – es war voll. So war es schon nach zwanzig Uhr, als feststand, dass ein leichter Bandscheibenvorfall die Ursache aller Schmerzen war. Markus bekam eine Spritze, Schmerztabletten für die Feiertage und den guten Rat, sich zu schonen.

„Nehmen sie ihren Mann ruhig wieder mit. Die Spritze wirkt gleich, dann wird er schläfrig und der Schmerz erträglicher. Er muss sich unbedingt schonen, – keine schweren Sachen tragen, viel liegen. Verwöhnen sie ihn während der Feiertage mal so richtig", sagte der Pfleger zu Isabel als er ihr Röntgenbilder, Arztbericht und Pillen in die Hand drückte.

„Sie ist nicht meine Frau...", protestierte Markus doch Isabel bedankte sich lächelnd bei dem Pfleger: "Sie können sich auf mich verlassen. Der wird gut gepflegt. Rufen sie uns bitte ein Taxi?" Ohne auf seine Proteste zu achten, gab sie ihre Adresse an und erklärte im Taxi seelenruhig: „Sie haben uns das beide durch ihre Schussligkeit eingebrockt und nun löffeln wir es auch gemeinsam aus. Ich hole morgen ihren Koffer ab und sie bleiben über die Feiertage bei uns. Platz ist genug da. Streiten Sie bitte nicht mit mir - denn es ist immer noch Heiliger Abend. Da gehört sich das nicht."

Ihre Oma pflichtete ihr wenig später bei. An Weihnachten lässt man Leidende nicht alleine – das wäre ja geradezu Blasphemie.

Die Spritze hatte seine Kampfeslust stark herabgesetzt. Markus fügte sich. Schon bald hatte er das Gefühl, zur Familie zu gehören und es gefiel ihm sogar.

„War das ganze am Ende gar kein Hexenschuss sondern Amors Pfeil?"

Isabel meinte, bei ihr sei es auf jeden Fall Amor gewesen – sie hätte sich nämlich schon am Flughafen in ihn verliebt – aber weil Männer oft etwas schwerer zu überzeugen seien, hätte Amor sich augenscheinlich noch der Hilfe einer Hexe versichert. Der Zweck heiligt die Mittel – im Krieg und in der Liebe.

Gans (?) anders!

Ich bin eine erfahrene Hausfrau. Doch während mir Putzen, Bügeln und Nähen weniger liegen, koche ich ziemlich gut und habe viel Spaß daran (vielleicht weil ich auch gerne esse), dazu bin ich experimentierfreudig und halte mich nicht sklavisch an das vorgegebene Rezept. Es ist eher so, dass ich beim Lesen eines Rezeptes schon eine ziemlich genaue Vorstellung bekomme, wie das Mahl schmecken soll und dann würze ich mich meinem Wunschgeschmack entgegen oder vereinfache es auch manchmal. Ich nenne das „kreativ modifizieren". So ein Rezept ist ja schließlich kein Gesetz, sondern nur ein Leitfaden.

Ich hatte in etwa fünfunddreißig Jahren am Herd schon allerlei ausprobiert - jedoch noch nie eine Gans gebraten. Das wollte ich an diesem Neujahrstag 1991 ändern.

Mein Ehrgeiz wurde ein paar Tage zuvor geweckt – am Heiligen Abend. Und das kam so: Die Bescherung war so gut wie vorüber, als meine Mutter aus einer Tüte, die zuvor nicht bei den zu verteilenden Päckchen gelegen hatte, vier völlig gleiche Geschenke herausholte.

„Ich habe da noch etwas für meine Enkeltöchter und für dich mein Kind!", verkündete sie geheimnisvoll und überreichte jeder von uns mit hintergründigem Lächeln etwas, das wie ein übergroßer Knallbonbon aussah, sich aber nach dem Auspacken als ein eng beschrie-

benes Papier herausstellte. „*Oma macht `ne Gans*"
stand über einem längeren Text.
„Ich bin jetzt siebzig Jahre alt und befinde mich ab jetzt im „Gänsebraten –Ruhestand" erklärte meine Mutter kategorisch. „Nun seid ihr dran. Wenn ihr euch an diese Gebrauchsanweisung haltet, kann nichts schief gehen. Ich freue mich schon darauf, ab jetzt bei euch zum Gänsebraten eingeladen zu werden."
Wir waren verblüfft – keine Gans mehr bei Oma? Bloß weil sie nun siebzig war? Schöne Bescherung!
Am nächsten Tag las ich mir die Kochanleitung in Ruhe durch.

<u>Oma macht `ne Gans</u>

    1. <u>*Einkauf:*</u> *Wenn auch frische Gänse vorzuziehen sind, ist dennoch gegen gefrorene nichts einzuwenden. Ihr müsst bei beiden immer darauf achten, dass die Keulen bläulich schimmern – d.h die Gans sollte nicht „ wie aus Marzipan" aussehen. Daran erkennt man, dass sie nicht **zu** fett ist! Gut abhängen lassen – **zu** frisch hat sie kein Aroma!*

    2. <u>*Vorbereitung:*</u> *Nachrupfen, Fettbäckchen(aufheben zum Ausbraten) und Blutgerinnsel*

entfernen, gründlich waschen, mit Salz abreiben, abspülen und austrocknen. Nun salzen, ausstopfen mit Äpfeln, 2 Stielen Beifuss oder Majoran. Verschließen mit Nadeln oder Faden

3. *Vorkochen – (günstig am Vortag!) Mit der Brust nach unten in die Pfanne legen, diese dann halb voll mit Wasser füllen, Salz und Zwiebel dazu. Im Ofen oder auf dem Herd ca. 1 Std. köcheln lassen. (dadurch gart die Brust an und es kocht schon mal Fett ab.) Fett nach dem Abkühlen abschöpfen, Wasser aufheben und Zwiebel wegwerfen.*

4. *Braten: Gans mit Brust nach oben in Pfanne – 2 Finger hoch Wasser und ½ TL Salz dazu. Im Ofen bei 250° ankochen, dann auf 200° reduzieren...*

Noch 10 weitere Arbeitsschritte wurden genau erläutert – selbst wie der Grünkohl und wann die Klöße und Kartoffeln zu kochen seien. Zum Ende hin schienen sich die Arbeitsschritte zu überschlagen: Abgießen, ablöschen, abfetten, Soße binden, Gans tranchieren ..., ganz zu schweigen von Kohl, Klößen und Kartoffeln abgießen und auftun ...

„Zum Schluss braucht man 10 Hände", schloss der Ratgeber.

Warum fiel mir jetzt der Figaro ein? Ach ja: *Alles auf einmal... ...ich kann nicht mehr....*

Ganz schön anstrengend, so `ne Gans. Ich bin mehr für die arbeitsarmen und dennoch schmackhaften Gerichte, für alles, was man vorbereiten kann und nicht noch in der Küche steht, wenn die Gäste schon da sind und auf `s Essen warten. Mir hatte es immer gefallen, von meiner Mutter zur Gans eingeladen zu werden und nun sollte die schöne Zeit für mich vorbei sein? Zum Glück briet man solchen Vogel nur einmal im Jahr und für dieses war die Saison gelaufen. Zudem tröstete mich der Gedanke: Ich **muss** ja nicht, die Mädchen haben ja auch diese Anleitung bekommen. Vielleicht können wir ja eine Generation überspringen.

Aber dann...

Der Tag vor Silvester war ein strahlend klarer Wintertag – kein Schnee, aber dafür freie Straßen. Viel zu schön, um zu Hause zu bleiben.

„Wollen wir nicht mal übers Land fahren?" Mein Gemahl sah mich Zustimmung heischend an. „Ich hätte Lust, auf den Polenmarkt zu fahren. Was meinst du?" Meine Schnäppchenmentalität ließ mich sofort begeistert zustimmen.

Die Grenze nach Polen war noch nicht lange geöffnet, so dass eine Reise zum Polenmarkt noch immer ihren Reiz hatte. Noch zahlten wir mit „harter D-Mark" - der Wechselkurs zum Szloty machte für uns alle Einkäufe denkbar günstig.

Die Autobahn war erstaunlich frei – kaum LKWs, die sich dauernd „Elefantenrennen" lieferten oder den Übergang blockierten. Nach knapp zwei Stunden erreichten wir den Markt – und stellten das Auto auf dem dazugehörigen bewachten Parkplatz ab. Der Grenzübergang und das Finden eines freien Stellplatzes hatten fast so lange gedauert, wie die Fahrt selbst.

Buntes Treiben herrschte in den Gängen zwischen den Ständen. Viele Leute hatte das schöne Wetter heraus gelockt.

Wir schlenderten bedürfnislos zwischen den Buden umher. Für Zigaretten hatten wir keine Verwendung, Butter und Käse lag genug im Kühlschrank, die *echte*

Krakauer war mit so großen Fettstücken gespickt, dass ich schon vom Ansehen „Gallenpiepen" bekam und weder hölzerne Blumenständer, noch spottbillige Jogginganzüge konnten uns zum Kauf verlocken, selbst vom begehrten Bunzlauer Geschirr besaßen wir genug, seit wir im Herbst direkt nach Bunzlau gefahren waren.

Angelockt vom Duft, erstand mein lieber Mann ein Schaschlik und ich trank einen heißen Tee mit Rum – mehr reizte uns nicht zum Kauf.

Wir waren schon fast wieder am Ausgang als mir ein Stand mit frischem Geflügel auffiel, gerupft und ausgenommen, lag es in klaren Gefrierbeuteln auf einem kleinen Gartentisch.

Omas Kochanleitung fiel mir ein. *"Eine frische Gans ist immer besser, als eine aus der Tiefkühltruhe..."*
Auch wenn ich noch nie eine frische Gans gekauft hatte, so kenne ich doch Leute, die das regelmäßig tun. Ich wusste, dass eine junge, frische Hafermastgans bei uns nicht unter 70,-DM zu haben war.

Und der Preis hier? Die Verkäuferin wies auf ein Schild unter der Tüte. 25,- DM! Eindeutig ein

Schnäppchen! Und was für eins! Mich überkam regelrecht Abenteuerlust.

Der größte Vogel besaß ganz rezeptgetreu bläuliche Keulen, sah überhaupt nicht aus, wie Marzipan – war also eindeutig nicht zu fett und somit bestens geeignet, von mir als Erstlingswerk gebraten zu werden. Jetzt wollte ich es wissen und übermorgen zum Neujahrstag alle bei uns zur Gans einladen. Noch einmal betrachtete ich kritisch vergleichend die zur Auswahl stehenden Vögel und blieb bei dem, der mir zuerst ins Auge gefallen war. Friedel zahlte den erstaunlichen Preis und ich zog stolz mit der ersten selbst erstandenen Gans meines Lebens ab.

Im Vertrauen darauf, dass das Tier schon ein paar Tage tot war, glaubte ich, dass eine Nacht im Heizungskeller zum Abhängen reichen würde.

Ich hatte fest vor, mich genau an das Rezept zu halten.

Am Silvesternachmittag holte ich die große schmiedeeiserne Gänsepfanne meiner Oma aus dem Keller.

Seit fast 20 Jahren stand sie dort funktionslos herum, nur „dass sie von Oma war", legitimierte ihre Existenz in meinem chronisch überfüllten Keller.

Nun war ihre große Stunde gekommen. Wie gut, dass ich sie aufgehoben hatte!

...Schritt 2, das *Nachrupfen* war nicht nötig, ich konnte gleich mit dem Waschen beginnen. Fettbäckchen raus..., na, so viel war das nicht. Auch gut!

... salzen, pfeffern, Äpfel und Beifuss in die leere Bauchhöhle - Rouladennadeln suchen ... und schon kam ich zu Schritt 3, dem Vorkochen.

„Ist die Brust schon ein wenig angegart, geht es am Bratttag schneller. Außerdem habt ihr dadurch aromatisches Wasser zum Aufgießen und reduziert das Fett", lautete Omas Erklärung zu diesem Arbeitsschritt. Je länger ich die Brust betrachtete, desto magerer erschien sie mir – wozu da eigentlich noch Fett reduzieren? Egal – beim ersten Mal sollte ich mich schon an die Anleitung halten. Also kochte ich vor – genau nach Vorschrift.

Nach der verlangten Stunde Köcheln schaltete ich den Herd ab und drehte den Vogel rum.

Da sah ich die Bescherung: Die Gans war eindeutig keine! Eine mürbe, labbrige Pelle gab den Blick auf weißes, zartes, völlig fettfreies Brustfleisch frei.

Ich hatte eine schlanke Pute gekauft!

Auf die Idee, dass das Tier keine Gans sein könnte, war ich gar nicht gekommen.
Und nun? Kann man Pute a la Gans zubereiten?
Man weiß ich nicht - ich kann!
Am Neujahrsmorgen applizierte ich Speckscheiben auf Brust und Keulen, um den Braten vor dem völligen Austrocknen zu retten, tauschte den roten Tischwein gegen weißen aus, verabschiedete mich von dem Gedanken an knusprige Haut, wappnete mich, den Spott meiner Töchter und meiner Mutter zu ertragen und zwei Stunden später genossen wir ein durchaus gelungenes Mahl – nur eben Gans anders!

Schneewehen

„Sinnlos – nix geht mehr!" Hans-Georg stellte die Zündung seines Wagens ab. Es hatte schon seit dem Morgen geschneit, aber seit er den nördlichen Berliner Ring verlasssen hatte, war der Schneefall immer stärker geworden und hier, im mecklenburgischen Flachland fegten zudem stürmische Böen über das Land, türmten Schneewehen auf und behinderten den Verkehr zunehmend. Zum Glück gab es ja Handys. Er würde seinem Sohn sagen, dass er nicht auf ihn warten sollte. Obwohl er sich so auf Sohn und Enkelkinder gefreut hatte, schätzte er sich nun glücklich, trotz des Schneegestöbers den kleinen Landgasthof an der Bundesstraße nahe Güstrow erspäht zu haben. Er wollte versuchen, hier zu übernachten. Morgen würde sicher alles schon viel besser aussehen und zum Adventskaffee wäre er allemal bei den Kindern.

Aufatmend betrat er kurz darauf den Gastraum. Trotz des schlechten Wetters saßen einige Gäste darin. Keine Dorfbewohner, wie sich bald herausstellte – Gestrandete wie er, enttäuscht und ratlos aber gleichzeitig glücklich, in dieser Nacht ein Dach über dem Kopf gefunden zu haben. Er war also wenigstens nicht alleine...

Noch einmal öffnete sich gleich darauf die Tür. Wie hereingeweht, betrat fluchend ein junger Mann den Raum, das Basecap tief in die Stirn gezogen.

Die Wirtin kam aus der Küche. Eher mürrisch als erfreut über den Zustrom an Fremden, blickte sie fragend auf die beiden neuen Gäste, einen schlanken, gepflegten, sportlich wirkenden älteren Herrn mit Wetter- gegerbtem Gesicht, der seinen siebzigsten Geburtstag wahrscheinlich schon vor zwei, drei Jahren gefeiert hatte. In der einen Hand hielt er eine Baskenmütze - selbstverständlich schon beim Betreten des Raumes abgenommen – in der anderen trug er einen kleinen Lederkoffer. Neben ihm wirkte der zweite Neuankömmling wie aus einer anderen Welt – Timo Menz, ein leicht o-beiniger junger Mann in Camouflagehosen, Springerstiefeln und offen stehender Bomberjacke, die den Blick auf seine Bodybuilding gestählte Brustmuskulatur unter einem dünnen T-shirt freigab. Ein Tatoo – Drache oder geflügelte Schlange - wand sich aus dem Kragenbündchen dieses Shirts den Hals hinauf und endete erst hinter dem rechten Ohr auf dem rasierten Nacken. Sein tiefer gelegter Opel war wenige Meter hinter dem Gasthaus in einer Schneewehe stecken geblieben. Nun drängte er sich zornig vor Hans Georg, knallte seine Sporttasche auf den Boden und bellte die Wirtin an: „Scheißwetter hier, ick brauch `n Zimmer!" Die Frau holte aus der Schublade am Tresen einen Schlüssel und erklärte: „Ich habe nur noch ein Doppelzimmer frei". Wobei sie wie zum Beweis auf die anderen Gäste wies. „Ich vermute, sie gehören nicht zusammen?" Ihr Blick richtete sich auf Hans-Georg, der abschätzend, ja fast angewidert den unhöflichen Mann neben sich betrachtete. Nur wenige Menschen brachten ihn so aus der Fassung, wie gewaltbereite, stumpfsinnige Rechte oder Linke. Und dass es sich bei diesem Exemplar um ein Wesen einer der beiden Spezies handelte, stand für ihn fest. Er war sich sicher, dass sich unter der hier unangebrachten Kopfbedeckung, die für solche Figuren typische Glatze und darunter kaum Hirn befand.

Auch Tino „wusste" genau, zu welcher Gattung sein Mitbewerber um das begehrte Zimmer gehörte: spießiges Friedhofsgemüse, Angehöriger einer Generation, die an der Misere des Landes schuld war – wenn schon nicht am letzten Krieg, so doch an der Arbeitslosigkeit, der Wirtschaftskrise, den geringen Harz vier-Sätzen, der Klimakatastrophe, der Ausbeutung ganz allgemein – na eben an Allem! Er hingegen, war jung und kräftig – kein schlechter Autoschlosser – wenn er das momentan auch nicht beweisen konnte. Solche wie ihn, würde man noch brauchen – ihm sollte die Zukunft gehören und das Zimmer! Darum sagte er ganz cool aber energisch:

„Jeben se mir den Schlüssel! Ick hab zuerst jefragt." Mit dem sicheren Blick einer Wirtin für schätzenswerte, zahlungskräftige Gäste, aber nicht blind für die Gefahren, die von Glatzköpfen ausgehen könnten, ihre Hand fester um das begehrte Stück schließend, wandte sie sich an Hans-Georg: „Sie waren zuerst hier, aber vielleicht können Sie sich das Zimmer ja mit..., mit dem Herren hier – ist ja ein Notfall nicht?, ... also teilen..." Unsicher wanderte Ihr Blick zwischen Tino und Hans-Georg umher.

„Seh ick aus, wie `ne verdammte Schwuchtel, die mit `nem alten Knacker in die Kiste springt...?", wehrte der empört ab.

„Das steht ja hier wirklich nicht zur Debatte." Auch Hans- Georg wollte das Zimmer unbedingt haben, sah sich jedoch – als Mensch und Christ – noch dazu im Advent - nun in der ungeliebten Verpflichtung, seinen Nächsten in dieser Lage nicht alleine zu lassen. Er sah es – und diese Überlegung tröstete ihn - als Prüfstein. „Ich nehme das Zimmer und zahle es für uns beide", entschied er daher kurz entschlossen und griff nun seinerseits nach dem Schlüssel, der ihm bereitwillig ausgehändigt wurde.

Mit einem: "Die Treppe rauf, dann gleich rechts...", entschwand die Wirtin erleichtert in die Küche bevor Tino aufbegehren konnte.

Nach einem prüfenden Blick aus dem Fenster ergriff der trotzig seine Sporttasche, ranzte Hans-Georg an: „Komm mir bloß nicht zu nahe – dat det klar is,– eene falsche Bewegung und du bist `n toter alter Mann...", und stieg hinter ihm die Treppe hinauf.

Auch Hans – Georg beschloss nach einem Blick auf die anderen Gäste, ihm zu folgen, zwar hätte er gegen ein Glas Wein nichts einzuwenden gehabt aber... nun ja - jetzt war er zum Gastgeber geworden, er besaß den Schlüssel... Sich in sein Schicksal ergebend, stieg er die Treppe hinauf.

Trotzig wartete Timo schon vor der Tür. Hans- Georg begann sich beinahe zu amüsieren. Er spürte die Unsicherheit des Jüngeren, die aus dem bedrohlich – martialisch Daherstampfenden, einen verklemmten, verletzbaren Schrumpfgiganten gemacht hatte. Im Grunde seines Herzens taten ihm solche jungen Leute fast leid.

Mehr innerlich, als äußerlich, den Kopf schüttelnd, betrat Hans - Georg das Zimmer und atmete sogleich erleichtert auf: Auch ihm hatte der Gedanke, mit diesem Kerl in einem Doppelbett - vielleicht sogar einem Französischen- schlafen zu müssen, nicht behagt. Erleichtert registrierte er nun, dass es sich hier um zwei Betten handelte, die sie sich auch auseinander schieben lassen würden. Er hatte ein Auge für so etwas – früher rückten Ruth und er die Hotelbetten immer voneinander weg. Sie bevorzugten beide ihren berührungsfreien Raum in der Nacht.

Tinos Selbstsicherheit allerdings bekam angesichts des breiten Ehebettes mit der üppigen Tagesdecke aus grünem, gesteppten Satin, einen weiteren Stoß.

...gemeinsames Zimmer mit einem alten Sack...Was, wenn ihn einer seiner Kumpel jetzt sehen würde?, ging es ihm immer wieder durch den Kopf. Schon der Gedanke verursachte ihm eine Gänsehaut.

Da entdeckte er den kleinen Sessel, der vor einer Mischung aus Schreib- und Schminktisch stand. „Nimm det Bett, alter Mann", beschied er „Ick schlaf hier oder...", er besah sich den schon recht angeschmuddelten Teppich – „...auf dem Boden. Det jeht schon in

Ordnung!", wehrte er von vorneherein irgendwelche weiteren Angebote ab und sah noch einmal angewidert auf seinen Zimmergenossen und das Bett.
„Ist gar nicht nötig", wiegelte er ab. „Schauen Sie her", er blieb stur beim Distanz schaffenden Sie – „fassen Sie mal mit an, dann können wir die beiden Hälften spielend trennen." Wie ein Zauberer das Tuch vom Zylinder, so hob er nun die Rüschen - besetzte Decke vom Bett, warf sie kurzerhand auf den Sessel und ergriff den einen Nachtisch um Platz für die Umbauaktion zu schaffen.
Froh, die Nacht doch noch im Liegen verbringen zu können, griff Tino zu. „Lass mal, Alter, det mach ick schon". Mit einem entschiedenen Ruck zog er die Betten so weit auseinander, wie der Raum es zuließ, erwählte dann das Bett am Fenster indem er seine Sporttasche drauf warf und bestimmte: „Ick jehe zuerst int Bad!" Mit dem Rücken zu dem Anderen sitzend, zog er anschließend nur Schuhe und Bomberjacke aus, kroch unter das dicke Federbett und zog es so weit als möglich über seinen Kopf. Erst da bemerkte er das Basekap, nahm es ab und legte es unter sein Kissen.

„Als wenn er sich eine Höhle baut", dachte Hans – Georg belustigt. „...und er hat tatsächlich eine Glatze."
„Mach det Licht aus", herrschte Tino den Älteren an, als der sich anschickte, frei im Raum stehend, seinen Anzug auszuziehen und auf das verbindliche „Gute Nacht, schlafen Sie gut", von Hans-Georg antwortete der andere nur mit einem Geräusch, das einem Husten ähnlicher war, als einem Wort.
„...immerhin ist es besser gelaufen, als ich dachte", registrierte der Ältere erleichtert und drehte sich auf seine Schlafseite. Es war zufällig auch die dem anderen Bett abgewandte.
Die Nacht verlief friedlich. Jedoch noch vor dem Morgengrauen schlich Tino sich aus dem Zimmer und wartete im dunklen Gastraum auf den Morgen und das Frühstück.
Ihn hatte der Gedanke um den Schlaf gebracht, nach einer gemeinsam im Zimmer verbrachten Nacht, neben einem alten Knacker zu erwachen.
Freihalten ließ er sich auch nicht – im Waschbecken deponierte er einen 10 € Schein, den Rest seiner Barschaft würde ein Treckerfahrer bekommen – irgendwie musste seine Karre ja wieder flott werden.

Aus dem Nähkästchen

Eva hätte es wissen müssen – sie hat's gewusst – dennoch ist sie wieder einmal schwach geworden in der Stoffabteilung. Nicht, dass sie eine Schneiderin „vor dem Herren" wäre – nee, wirklich nicht!
Früher mal da, hatte sie sich auch darin versucht und die Kinderkleidchen ohne Abnäher und andere Erschwernisse waren sogar recht nett geworden – durchaus tragbar. Für sich selbst jedoch ließ sie es nach wenigen Versuchen gänzlich sein.
Eva hatte ihre Grenzen erkannt und die schlossen Akkuratesse, gepaart mit Geduld für knifflige Arbeiten wie Kragen, Revers und Knopflöcher, nicht ein.
Nichtsdestotrotz erfreut sie sich am Anblick und dem Gefühl schöner Stoffe. Aber hin und wieder, wenn ein wunderschöner Stoff stark herab gesetzt wurde, überkam sie Bedauern, dass ihr mangels Bedarf und Begabung ein Schnäppchen entgehen musste.
Stoffmuster und -farben erfreuten sie nun mal so, wie andere ein schönes Bild.
Beim Anblick mancher Stoffkreation jedoch wunderte sich Eva, auf welche Ideen die Stoffdesigner mitunter

kommen und zu gerne hätte sie gewusst, wie Stoffe und Muster zueinander kamen.

Geht so ein Künstler zum Stoffhersteller und sagt: „Ich habe da ein paar sehr farbenfrohe Kringel kreiert. Könnten die vielleicht im kommenden Jahr in ihrer Kollektion auf einem Kleiderstoff Verwendung finden?", oder geht Herr Lagerfeld vielleicht zu einem Stoffdesigner und sagt: „Wie wäre es denn mal mit geometrisch - abstrakt und zwar in Lila und ein paar Grüntönen auf Kunstfaser oder als Materialmix in Samt und Seide?"

Solche Gedanken kamen ihr zuweilen wenn sie zwischen den beladenen Tischen der Stoffabteilung bei Karstadt umherging.

Wie dem auch sei – obwohl erst Anfang November, ließen stimmungsvoll dekorierte Kaufhäuser und das Wetter - klarer Frost und Raureif am Morgen - alles schon fast wie Dezember wirken. Weihnachtsstimmung überkam sie und damit die Lust, sich auf das Fest vorzubereiten, also sich um die Gaben für die Lieben zum Weihnachtsfest zu kümmern.

Sie bummelte durch Karstadt und begann mit der

Buchabteilung im Erdgeschoss. Auch Haushaltswaren im zweiten, sowie die Abteilung für Schallplatten und Computerzubehör im dritten Stock würde sie durchstreifen. Sozusagen „am Wegesrand" lag die Stoffabteilung in der ersten Etage. Hier unterbrach Eva ihren Weg zu den Küchenutensilien und ließ erst ihre Augen, dann ihre Finger über die verschiedenen Ballen gleiten. Ihr Blick blieb an einem freundlichen Fleecestoff hängen.

Eva besaß seit Jahren zwei Morgenröcke aus diesem kuschelweichen Stoff - beide von ihrer Tochter Anne für sie genäht und von Eva im Prinzip sehr geschätzt. Sie waren wunderbar warm und fühlten sich auch angenehm an - nur sahen sie scheußlich aus. Ihre Tochter konnte nichts dafür, denn die Musterauswahl bei diesen Stoffen war, Eva hatte sich selbst davon überzeugt, leider denkbar dürftig. Auch sie kannte bisher nur Stoffe mit Kinderbildchen oder riesige Ballen in uni und wenn schon bunt, dann in trüben Farbkombinationen oder gänzlich ungeeigneter Mustergröße, an die Tapeten der frühen 70ger Jahre erinnernd - einfach grauslich!

Nun aber sah sie zum ersten Mal etwas, das ihr auf Anhieb zusagte: kleine Röschen in allen Farbtönen zwischen gelb und rot auf einem beige - marmorierten Hintergrund – freundlich und unempfindlich, dazu überraschend preiswert. Sie beschloss zuzugreifen.
„Da kann ich nichts falsch machen. Das Muster ist wie geschaffen, um daraus einen Morgenrock für unsere Omi zu nähen".
Noch während sie sich nach einer Verkäuferin umsah, überschlug sie in Gedanken wie weit eine Stoffbreite um ihre Mutter herum reichen würde, multiplizierte mit zwei und legte noch einen Meter für die Ärmel drauf. Inklusive Garn würde sie ihr zum Weihnachtsfest für 25 € einen schmucken, wärmenden Morgenmantel schenken können - von ihr selbst genäht!
In Hochstimmung verließ sie das Kaufhaus und beschloss, ohne Annes Hilfe ans Werk zu gehen. Auf dem Heimweg ging sie im Geiste die Arbeitsschritte durch: Den ältesten ihrer beiden Morgenröcke könnte sie auftrennen und - um einiges vergrößert - als Schnittvorlage benutzen. Auf diese Weise würde er sinnvoll vernichtet – und sie könnte seinen langen Reißverschluss gleich weiter benutzen. Was dann kä-

me, wäre kein Problem mehr – Faden aufspulen und los.

Gesagt - getan. Kaum waren die Straßenschuhe von den Füßen gestreift, begann Eva auch schon mit der Arbeit. Das Auftrennen ging nicht ohne ein paar Pannen ab, denn sie versuchte die Nähte durch zackiges Reißen zu trennen. „Kein Problem, wo die Musterteile gerissen sind, muss ich sie nur sorgfältiger auf dem neuen Stoff feststecken", sprach sie sich Mut zu. Der Grundsatz: *Der Mensch kann noch so dusslig sein, er muss sich nur zu helfen wissen!,* war ein ganz wesentlicher Pfeiler ihrer Erziehung gewesen.

Ratz – fatz geschah das Zuschneiden und auch die Arbeit des Zusammennähens ging zügig voran. Zeitraubende Arbeiten, wie das Stecken und Heften, fand sie unnötig. Passgenaues Anhalten, höchstens eine Nadel ganz oben – das reichte ihr in der Regel schon, um Teile zu verbinden. Sie kam gut voran. Dass es so einfach war, einen Morgenmantel zu nähen, hätte sie gar nicht gedacht.

Kurz vor der Tagesschau, bei der sie den Reißverschluss leicht einheften wollte, zog sie das gute Stück zur Anprobe über und trat vor den Spiegel.

Ihre Euphorie bekam einen gehörigen Dämpfer. Irgendetwas stimmte nicht! Ganz schnell wurde ihr klar: Sie hätte die rechte und die linke Vorderseite spiegelverkehrt herum zuschneiden, beziehungsweise den Stoff andersherum legen müssen. Nun hatte sie eine rechte Seite links rum und eine Linke rechts rum. Dazu standen die Rosen der vorderen linken Hälfte und am rechten Ärmel auf dem Kopf. „Das guckt sich weg, so riesig ist der Unterschied zwischen den Teilen gar nicht", versuchte sie sich nach dem ersten Schrecken einzureden, „warm und kuschelig ist er trotzdem."
Dennoch – erst einmal war ihr die Lust vergangen, gleich noch den langen Reißverschluss einzusetzen - ohnehin eine diffizile Arbeit vor der ihr grauste. Sie verordnete sich eine Schaffenspause und deckte den Abendbrottisch.
Danach war der Elan gänzlich verflogen. Tagelang lag ihr schräges Machwerk herum und ärgerte sie. Ihren Kindern erzählte Eva kein Wort von dem Malheur. Deren amüsiert – mitleidiges Grinsen wollte sie sich wenigstens ersparen und – so viel war ihr klar - verschenken konnte man das Ding so nicht.

„Na gut, 25 € in den Sand gesetzt. Wäre ich essen gegangen, hätte ich das Geld auch nicht mehr", tröstete sie sich und stopfte das Ärgernis in die große Stoffkiste.

In den folgenden Tagen ließ sie der Gedanke an ihr Morgenmanteldilemma nicht los. Musste er wirklich in der Flickenkiste enden oder sollte sie das Malheur zur Vermeidung von Spott vielleicht sogar klammheimlich im Altkleidercontainer versenken? Konnte sie sich gar nicht anders helfen? War sie soo dusslig?

Als sie in einem Katalog Jacken im Patchworkstil sah, kam ihr die rettende Idee.

Sie würde behaupten, einen Morgenmantel kreiert zu haben, der zur Oma passen würde – ein wenig verdreht aber fröhlich und gemütlich!

Mit neuem Schwung holte sie ihr Problemwerk aus der Flickentruhe und schnitt die Taschen zu. Dem neuen Konzept entsprechend auch noch in verschiedenen Formen und Größen: eine Tasche halbrund, die andere groß quadratisch. Die Ärmel bekamen Stulpen, ebenfalls Muster- und Seitenverkehrt und zu guter Letzt schnitt Eva aus einem länglichen Stoffrest noch einen Schrägstreifen, um ihr Werk mit einem kleinen

Stehkragen zu krönen. Sogar das Einsetzen des langen Reißverschlusses gelang mit nur zweimal Trennen recht zügig.

Als sie das gute Stück verpackte, schrieb sie auf den Geschenkanhänger:

> Umhüllt von Rosen längs und quer -
> fällt`s Aufsteh`n dir bestimmt nicht schwer.
> So fröhlich, bunt – etwas verrückt –
> ist er wie du - ein Einzelstück!

Wie gesagt – eine perfekte Schneiderin war Eva nie - aber kreativ im Umgang mit Pannen!

Dass ihr Werk von allen bewundert wurde, war dann auch kein Wunder.

Zwischen den Fronten

Elke Reiche wischte sich den Schweiß von der Stirn. „Ich bin nicht mehr zwanzig", dachte die Fünfundsechzigjährige ergeben. Dabei hatte sie wenig Grund sich zu bemitleiden – kerngesund, von einigen klitzekleinen Verschleißerscheinungen einmal abgesehen, gerade nur ein wenig füllig, wirkte die frisch pensionierte Lehrerin durchaus nicht alt. Ein flotter Kurzhaarschnitt, dezentes Make up, sportliche Kleidung und fröhlich blickende braune Augen, verliehen ihr sogar ein recht jugendliches Aussehen. Dass sie sich dennoch völlig erschöpft vorkam, hatte einen Grund: kräftezehrende Wochen lagen hinter ihr, aber nun es war vollbracht – sie konnte erleichtert durchatmen. „ES" war der Umzug in das kleine Reihenhaus. Schon lange hatte sie sich vorgenommen, nach der Pensionierung aus der Innenstadt hinaus ins Grüne zu ziehen, um ihren Lebensabend einerseits beschaulich, aber auch aktiv genießen zu können. Neben Theater- und Museumsbesuchen gehörten für sie Gartenarbeit, Radfahren und viel Laufen in frischer Luft dazu. Sie hatte den Bezirk und das Haus mit Bedacht ausgesucht und sich noch vor dem Kauf mit ihrem Nachbarn zur Linken, Erich Scholz, bekannt gemacht, einem ehemaligen Polizisten, der seit vielen Jahren in dieser Siedlung lebte. Leider war er vor zwei Jahren verwitwet. Ihn hatte sie zu Einkaufsmöglichkeiten, Verkehrsaufkommen und der allgemeinen Stimmung in der Nachbarschaft befragt und nur zufriedenstellende Auskünfte erhalten.

„Ich fürchte, er hält sich für einen Charmeur", hatte sie vorhin gedacht, als er mit einem Blumenstrauß und zwei Piccolos vor der Tür stand, um sie gebührend willkommen zu heißen. Sie war ihn nur schwer wieder losgeworden und nicht um eine Einladung für die nächsten Tage - *sobald sie sich mit dem Herd auskenne* - herum gekommen. Dieses Versprechen gab sie allerdings nicht nur aus lauter Nächstenliebe, etwas Berechnung war auch dabei. Sie hatte be- beschlossen, sich den stattlichen, nicht unsympathischen Haus- und Gartenerfahrenen Nachbarn warm zuhalten.

Zu ihrer Rechten wohnte eine junge Frau, von der sie noch nicht viel mehr gesehen hatte, als das sie neulich in ihr Auto, einen quietschgelben Kleinwagen – irgend so etwas Japanisches - gestiegen war. Auch ihr wollte sie sich so bald wie möglich vorstellen.

Die Gelegenheit ergab sich am nächsten Morgen - einem Sonntag. Elke schob gerade ihr Rad zum Gartentor hinaus, als die junge Frau aus dem Nebenhaus zu ihrem Briefkasten am Tor ging. „Hallo, sind sie meine neue Nachbarin? Herzlich willkommen", rief diese Elke zu, klappte ihren Briefkasten auf und entnahm ihm die Sonntagszeitung. „Janine Scholz", stellte sie sich vor und reichte Elke die Hand.

„Ich bin Elke Reiche, die Neue. Habe ich richtig gehört? Sie heißen auch Scholz? Das ist ja komisch – sind sie verwandt – seine Tochter?", fragte Elke verblüfft, ihren Kopf zum linken Haus wendend. Hatte ihr Nachbar gar nichts von gesagt...

„Nein, zum Glück nur seine Nichte. Mein Vater war sein älterer Bruder." Das Wörtchen „sein" begleitete ein unfreundlicher Blick zum linken Nebenhaus. Dann zuckte sie unentschlossen die Schultern, „...kann aber sein, dass ich bald verkaufe." Sie wandte sich wieder zum Haus, „schönen Sonntag noch...",grüßte sie und schloss die Tür.

„Uihh, hier ist irgendwas im Busch ...Was, das bekomme ich noch raus", dachte Elke und bestieg ihr Rad. Da in ihrem Kasten noch keine Sonntagszeitung lag, wollte sich eine vom Kiosk holen. Unterwegs kreisten ihre Gedanken weiter um die Nachbarin. „Etwa Mitte dreißig", dachte Elke, „schwer zu schätzen, was sie beruflich macht, könnte alles zwischen Büro und Uni sein. Na, auch das bekomme ich noch heraus."

Insgesamt lautete ihr erstes Urteil: „Scheint aber recht umgänglich zu sein."

Obwohl es Spätherbst war, schien die Sonne am Nachmittag noch warm. Elke stand in ihrem Gärtchen und versenkte Unmengen von Tulpen- und Narzissenzwiebeln in der Erde. Ihr Nachbar sah von seiner Terrasse aus zu und sparte nicht mit guten Ratschlägen. Als sie fertig war, schlug sie ihm zum Dank vor, zusammen einen Pott Kaffee in der Sonne auf ihrer Terrasse zu trinken. „Eine gute Gelegenheit, mich umzuhören", dachte sie. Die Sache mit der offensichtlich gestörten Verwandtschaftsbeziehung ließ ihr keine Ruhe. Zwischen feindlichen Lagern zu leben, passte nicht in ihre Vorstellung einer konfliktarmen, netten Nachbarschaft. Sie beschloss, sich der Sache nach Möglichkeit anzunehmen.

Nur zu gerne folgte Erich ihrer Einladung und stieg über den niedrigen Zaun. Elke reichte ihm einen Kaffeepott und sie plauderten ein wenig über einige Veränderungen im Garten, die sich Ilse für das kommende Frühjahr vorgenommen hatte. Als das Thema erschöpft war, sagte sie:

„Heute Morgen habe ich meine Nachbarin zur Rechten begrüßt. Sie sei ihre Nichte, sagte sie mir".

„So, sagte sie das? Weiß sie es also doch noch!", knurrte Erich. „Dumme Göre, kommt nach ihrer Mutter ,– die wollte auch, dass alles nach ihrem Kopf geht. Tut es aber nicht – nicht bei mir!" Nach diesen Worten trank er seinen Kaffee zügig aus und erhob sich: „Danke für den Kaffee und noch `n schönen Sonntag", sagte er, ohne sie anzusehen und ging, steifbeiniger als er gekommen war, schien es Elke.

„Hm, hier komme ich so nicht weiter", registrierte sie und tröstete sich gleich darauf mit dem Gedanken *kommt Zeit kommt Rat.*

In den zwei Wochen darauf sah sie keinen ihrer Nachbarn lange genug, als für ein *„Guten Tag"* oder *„Was für'n Wetter heute".* Das lag daran, dass das Wetter immer ungemütlicher geworden war und jeder sich beeilte, in sein warmes Haus zu kommen.

Drei Wochen später, pünktlich zum Beginn der Adventszeit, fiel der erste Schnee. Früh am Morgen war alles weiß und Elke wurde schlagartig bewusst, dass zu ihrer Ausstattung bisher weder Schneeschieber, noch ein stabiler Straßenbesen gehörten. Was nun?

Fegen musste sie. Da hörte sie von rechts neben sich ein raues Kratzen auf Stein. Schnell trat sie vor die Haustür, hoffend ihre Nachbarin würde ihr den Schneeschieber kurz überlassen. Dann aber stellte sie erstaunt fest, dass die junge Frau sogar schon begonnen hatte, den Schnee auch vor ihrem Gartenzaun zu beseitigen.

„Nein, nein, lassen sie mich das machen", wollte Elke sie bremsen. „Ich habe so viel Zeit. Wenn Sie mir nur nachher ihren Schieber leihen würden?" „Nee, lassen sie mich mal machen. Um sieben Uhr muss gefegt sein, sonst wird der Herr Polizeiobermeister a.D. sehr ungemütlich!" Janine Scholz schoss giftige Blicke in Richtung des linken Nebenhauses und schnippisch fuhr sie fort: „...wir wollen ihm doch keinen Anlass geben, uns zu ermahnen, nicht wahr! Nehmen sie sich in Acht, der kennt keine Verwandten und Nachbarn, wenn es um Regelverstöße geht!"

„Ach, aus dieser Richtung weht der Wind", dachte sich Elke. Sie warf einen Blick auf das Nebenhaus. Hatte ch da nicht die Gardine bewegt? Laut bedankte sie sich für die Hilfe und wiegelte gleichzeitig ab: „Ach ich glaube, er meint es bestimmt nur gut", freute sich aber insgeheim: „Ich komme der Sache näher". Sie beschloss aus ihrem Nachbarn herauszukitzeln, was ihn am Verhalten seiner Nichte gekränkt und so unversöhnlich hatte werden lassen.

Schon am frühen Nachmittag brachte ein weiterer Schneeschauer Elke erneut vors Haus. Nun mit eigenem Schieber und Besen ausgerüstet, begann sie vor Janines Haus den Matsch fortzuräumen. Auch Erich kam seiner Schneeräumpflicht nach. Scheel blickte er auf Elkes Bemühungen. „Das wird ein harter Winter für sie. Wenn sie der den kleinen Finger reichen, nimmt sie gleich den ganzen Arm. Sie werden es schon noch erleben!" Seinen Besen nachdrücklich ausklopfend, begab er sich ohne ein weiteres Wort wieder in sein Haus.

„Klingt nicht so, als wäre etwas wirklich Schlimmes vorgefallen", beschloss Elke bei sich. „Wahrscheinlich hat nur ein unglückliches Zusammentreffen von Mimose und Dickschädel stattgefunden!"

Als Janine wenig später bei ihr klingelte, um sich zu bedanken und Elke gleichzeitig zu informieren, dass sie von nun an einen Schneeräumdienst beauftragt habe, bat Elke sie ins Haus: „Ach kommen sie doch kurz herein. Ich möchte sie etwas fragen".

„Sie sind mit ihrem Onkel *über Kreuz* nicht wahr?" begann sie gleich. „Ich bin heute Morgen spürbar zwischen ihre Fronten geraten. Das macht mich unruhig. Es wäre für mich viel einfacher, wenn sie nicht zerstritten wären. Würde es ihnen etwas ausmachen, mich in ihren Streit einzuweihen? Vielleicht könnte ich ja – sozusagen als Friedensengel fungieren. Durch meine Schullaufbahn bin ich erfahren im Umgang mit - na sagen wir mal – Verletzungen".

Die junge Frau betrat fast widerstrebend das Haus.

„Da ist eigentlich gar nicht viel zu erzählen, mein Onkel ist einfach nur verbohrt und ich...", sie kämpfte mit sich, „...also ich stamme auch aus dieser Familie. Wahrscheinlich bin ich ganz genau so zu Unrecht verbiestert. Aber nun ist es mal so." Trotzig wollte sie sich zum Gehen wenden, doch Elke blieb vor der Haustür stehen: „Wie es jetzt ist, habe ich gesehen. Nur möchte ich gerne auch verstehen, warum es so ist", bohrte sie weiter und zeigte auf einen Sessel im Wohnzimmer. „Haben sie nicht ein paar Minuten Zeit, um mir das zu erklären? Ich bin geradezu harmoniesüchtig und möchte ihnen beiden gerne helfen – alles aus reinem Eigennutz!" beteuerte sie. Janine musste nun doch lächeln, nahm Platz und begann zu erzählen: „Wie gesagt, Kinderkram! Es begann damit, dass Onkel Erich mein Auto in seiner Eigenschaft als Polizist eines Tages abschleppen ließ. Es wäre ihm ein Leichtes gewesen, mich anzurufen und zu warnen – aber nein, er glaubte mir eine Lehre erteilen zu müssen. Mann, war ich sauer! Wissen sie wie teuer seine sogenannte Erziehungsmaßnahme war? Dabei hatte ich bloß im Dunklen die Schilder mit den Sperrzeiten nicht gesehen. Sie galten nur für diesen Tag wegen irgendwelcher Baumaßnahmen – sonst darf man da immer halten".

„Und warum meinte er, sie erziehen zu müssen?" Die ehemalige Lehrerin wollte es genau wissen. War ihr Nachbar weniger ein notorischer Rechthaber als ein unbegabter Erzieher? *Einsicht ist der erste Weg zur Besserung,* heißt es. Ging es ihm darum?

Janine wand sich. „Er ärgerte sich schon lange über meine Lässigkeit gegenüber einigen Absätzen der Straßenverkehrsordnung. Ich habe früher nämlich `ne ganze Menge Knöllchen kassiert. In erster Linie weil ich keine Lust hatte, weit zu laufen um einen Brief einzustecken oder Brötchen zu holen. Meine Bequemlichkeit war mir manchmal 5 oder 10 € wert, ich meinte, die gut verschmerzen zu können... Sie lächelte schief: „Inzwischen bin erwachsen geworden..." Verständnis heischend sah sie Elke an und fuhr empört fort: „Aber noch mehr kränkte mich die Unterstellung, ich hätte die Beerdigung von Tante Annie, seiner Frau, absichtlich gemieden, weil ich noch sauer wegen der Abschlepperei war. Dabei konnte ich wirklich nichts dafür, dass ich dort nicht ankam. Ich stand im Stau – totaler Stillstand über zwei Stunden! Dass ich bei allem Ärger dann auch noch vergaß, ihm die Beileidskarte eines ehemaligen Kollegen zu geben, die versehentlich in meinem Briefkasten gelandet war, brachte sein Fass dann zum Überlaufen. Er war so beleidigt, dass ich seither für ihn gestorben bin."

Elke nickte verstehend. „Und seither reden sie nicht mehr miteinander? Ach der Ärmste. Er war damals bestimmt sehr durch den Wind – Sie haben das doch sicher erkannt?"

„Nicht gleich", gestand die junge Frau zerknirscht, „ aber bald danach doch. Ich bin dann gleich zu ihm gegangen und wollte mich entschuldigen. Aber sie haben ihn ja erlebt... Ich bin für ihn gestorben und `ne *Auferstehung* passt nicht in sein Weltbild".

„Na, das wollen wir doch mal sehen. Sie hätten also nichts dagegen, dass ich mich einmische?", stellte Elke zusammenfassend fest. „Ich verspreche ihnen, ganz diskret vorzugehen." Man merkte ihr an, dass sie bereits nach einem gangbaren Weg suchte.

„Von mir aus", betont lässig zuckte Janine mit den Schultern und wandte sich zum Gehen. Sie hatte den Türknauf schon in der Hand, da stoppte sie Elkes Frage:

„Was machen sie eigentlich am Weihnachtstag? Haben sie noch mehr Familie, Freunde, oder sind sie...", sie zeigte mit dem Daumen auf Elkes Haus, „... auch alleine hier?"

„Äh, ich - nein – ich habe noch nichts vor. Vielleicht wollte ich ..." Sie suchte nach einer Ausrede aber dann gestand sie verlegen:

„ Wissen Sie, Weihnachten ist mir ein Graus seit meine Eltern und Tante Annie tot sind. Meist verbringe ich den Abend vor dem Fernseher."

„Dann lassen sie uns in diesem Jahr beide nicht alleine am Heiligen Abend sein. Sie kommen zu mir und ich werde auch ihren Onkel zu uns holen. Ich muss mir nur noch überlegen, wie ich das zustande bringe. Da wird mir schon etwas einfallen!", schloss sie ihre Rede zuversichtlich und entließ Janine.

Von nun an kreisten Elkes Gedanken um das WIE am Heiligen Abend. Sie ließ keine Gelegenheit aus, mit ihrem Nachbarn ein paar Worte zu wechseln. Sie erwähnte ihm gegenüber, sich einen Baum zum Fest aufstellen zu wollen und gestand gleichzeitig ihre Sorge ein, den Baum nicht in den neuen Ständer zu bekommen. Auch schwärmte sie von früheren – nicht alleine verbrachten Festen und machte ihm den Mund wässrig mit der Beschreibung leckerer Weihnachtsmenues. Immer wieder ließ sie dazu ihre Hoffnung durchblicken, dass er ihr an diesem Abend Gesellschaft leisten würde.

Erich reagierte darauf nur mit einem unentschlossenem Brummeln: „An Heilig` Abend...? Ach wissen Sie, ich weiß nicht..."

Elke musste also schwerere Geschütze auffahren und suchte noch danach, als ihr das Schicksal zu Hilfe kam: Ihre Nichte Martina, eine alleinerziehende Mutter, hatte in der Woche vor dem dritten Advent einen Unfall und musste für längere Zeit im Krankenhaus bleiben. Ihr sechsjähriger Sohn Theo, Elkes Patenkind, sollte während dieser Zeit bei ihr wohnen. *Wat dem eenen sin Uhl, is den Annern sin Nachtigall,* dachte Elke und schilderte bei ihrem nächsten Plausch am Gartenzaun ihrem Nachbarn das traurige Schicksal des kleinen Theo: „... und gerade zu Weihnachten! Ich habe mir vorgenommen, ihm als Ausgleich ein ganz besonders schönes Fest zu bereiten. Dazu gehört ein Weihnachtsmann – finden sie nicht auch? Ich werde einen engagieren müssen."

Erich pflichtete ihr bei. Ehe er sich`s versah, hatte sie ihn so weit, dass er gestand, früher bei Janine diese Rolle übernommen zu haben. Leider ließ die Erwähnung seiner Nichte die Stimmung sofort umkippen.

„Na, ja, früher war `s", brummelte er und zog sich in sein Haus zurück. Elke ließ es für den Moment genug sein. *Immer langsam mit die jungen Pferde,* dachte sie lächelnd bei sich.

Ihrer Nachbarin zur Rechten hatte sie eine besondere Aufgabe zugedacht: Janine sollte etwas kochen, das früher zu den Weihnachtsfesten in ihrer Familie traditionell auf den Tisch kam. Auf diese Weise ließen sich *zwei Fliegen mit einer Klappe* schlagen, denn erstens würde Elke den Nachmittag mit Theo im Krankenhaus bei seiner Mama verbringen und keine Zeit zum Kochen haben, und zweitens sollten in dem alten Herrn möglichst positive Erinnerungen aufgefrischt werden. Drittens, das wusste jeder, gerieten Männer durch eine gute Mahlzeit leichter in versöhnliche Stimmung. *Die Liebe geht durch den Magen* gilt nicht nur für Liebespaare.

Die Vorbereitungen ließen sich gut an. Theo und sie suchten einen Baum aus und Erich half ihr bereitwillig beim Einstielen. Er fand schnell Gefallen an dem Jungen, der sich für die Werkzeuge und Maschinen in seinem Keller begeisterte und den alten Herrn rückhaltlos bewunderte als der mit Säge und Astschere herum werkelte. Als er schließlich noch ein Nagelbrett für Theo baute und ihn unzählige Nägel einhämmern ließ, war die Freundschaft zwischen den beiden endgültig besiegelt.

Elke konnte den nächsten Schritt wagen: „Stellen sie sich vor Erich, der Weihnachtsmann kann nicht kommen. Die Agentur rief vorhin an, zwei Studenten hätten abgesagt. Was soll ich denn jetzt nur machen? Der Junge freut sich doch schon so – noch nie war der Weihnachtsmann persönlich bei ihm.... Ich habe hin und her überlegt. Da fiel mir ein... Haben sie noch ihr Kostüm von früher? Könnten Sie vielleicht...?" Sie sah ihn flehendlich an und machte den Eindruck, als würde sie vor lauter Ratlosigkeit gleich in Tränen ausbrechen. Man sah es Erich an, er fühlte sich überfordert. Sein Blick, sein ganzer Körper war auf Flucht ausgerichtet. „Wenn ich mir vorstelle, wie enttäuscht, wie traurig der kleine Kerl sein wird...", legte Elke flüsternd nach und deutete auf Theo, der nichtsahnend im Nebenzimmer malte.

Das gab den Ausschlag: „Ich kann mal auf dem Speicher nachsehen. Anni hat nie etwas weggeworfen", gab er schließlich nach.

„Ich möchte ihnen um den Hals fallen", jubelte Elke und tat es zu seiner Überraschung auch gleich. Anschließend ging sie zum zweiten Angriff über: „Sie kommen danach zu uns. Da dulde ich keine Widerrede", fuhr sie schelmisch fort und erläuterte das Programm des Abends: „Wir werden bei einem Glas Wein zusehen, wie der Junge sich an seinen Geschenken freut. Bestimmt erzählt er ihnen dann vom Weihnachtsmann. Es gibt auch was Leckeres zum essen...Wäre das nicht nett und viel schöner als alleine zu sein?" Noch immer von ihrer Umarmung erschüttert, stimmte er diesem Plan zu.

Janine erwähnte Elke in diesem Zusammenhang klugerweise nicht. Das war ihre Überraschung. Im Angesicht des Jungen würde er ja wohl nicht streiten...

Der Heilige Abend war da. Der Baum stand sachkundig eingestielt und liebevoll geschmückt in dem gemütlichen Wohn-Esszimmer. Der Sack mit den Geschenken befand sich im Nebenhaus beim „Weihnachtsmann". Janine schmorte in Elkes Küche Kaninchen nach einem Rezept von Erichs Frau – das war nicht gerade Elkes Lieblingsgericht, aber für die gute Sache war sie bereit, auch das zu essen. Der Sekt stand kühl.

Elke und Theo kehrten gegen 17 Uhr aus dem Krankenhaus zurück. Es roch teuflisch gut im Haus. Das bemerkte auch der Weihnachtsmann, der bald darauf vor der Tür stand und von Theo mit großen Augen empfangen wurde. Elke registrierte befriedigt, dass der

Weihnachtsmann immer wieder tief den leckeren Bratenduft einsog. Auch zum Abschied schnupperte er noch einmal genüsslich, zwinkerte Elke verschwörerisch zu und eilte sich umzuziehen. Als er eine viertel Stunde später zurückkam, reichte sie ihm ein Glas Sekt und platzierte ihn am Esstisch, der für drei Personen gedeckt war.

Doch sie bat nicht Theo sich an den Tisch zu setzen. „Der ist viel zu aufgeregt zum Essen", erklärte sie ihm, öffnete stattdessen die Tür zur Küche und sagte: „Sie können jetzt den Braten bringen". Irritiert sah Erich auf. Wer war noch da?

Janine betrat das Wohnzimmer. Sie trug eine große Bratenplatte, die ihm bekannt vorkam, hatte sie doch schon bei seinen Eltern, Janines Großeltern auf dem festlichen gedeckten Tisch gestanden.

„Frohe Weihnachten Onkel Erich", sagte sie zaghaft. „Ich hoffe, das Kaninchen schmeckt so gut, wie früher bei Tante Annie." Sie sah ihn bang an.

Erich wusste nicht, wo er hingucken sollte. Einerseits kam er sich überrumpelt vor, andererseits - hatte er nicht in den letzten zwei Jahren gewünscht, dass seine

Welt wieder heil werden würde? War hier und heute nicht ein Anfang?

Elke sah gebannt von einem zum anderen.

Da kam Theo mit einem Spielzeugauto zu ihm: „Sieh mal Herr Scholz, was mir der Weihnachtsmann gebracht hat - ein echtes Fernlenkauto. Soll ich es mal fahren lassen?"

Elke atmete erleichtert auf – Theos unbefangene Freude hatte die Gefahr entschärft.

Erich wandte sich dankbar an das Kind: „Das lassen wir nachher fahren ja? Jetzt muss ich erst den Braten probieren. Riech mal, wie der duftet. Janine hat sich viel Mühe gemacht. Nach dem Essen spielen wir mit dem Auto. Einverstanden?"

Janine fiel ein Stein von der Seele. Sie stellte die Platte auf den Tisch und wollte beginnen, das Fleisch zu verteilen. Doch Elke bat:

„Lasst mich euch zuvor mit einem Weihnachtsgruß willkommen heißen." Sie reichte Erich und Theo die Hände. Janine tat es ihr nach und schloss den Kreis.

„Friede auf Erden und den Menschen ein Wohlgefallen. Uns allen frohe Weihnachten", sagte Elke feierlich.

„Amen", fielen Onkel und Nichte ein.

(für größere Kinder)

Vom Engel Gabriel und anderen Engeln der Weihnachtsgeschichte

Es geschah vor vielen, vielen Jahren – genaugenommen vor über zweitausend Jahren, in einem kleinen Dorf namens Nazareth im fernen Galiläa. Dort saß ein junges Mädchen im Haus und nähte an einem schönen Vorhang. Sie wollte bald heiraten und musste für ihr zukünftiges Heim noch eine ganze Menge Dinge herstellen. Damals ging man nämlich nicht in den Laden, sondern webte und nähte die meisten Dinge selber.

Maria liebte solche Arbeit und blickte gerade stolz auf das schöne Muster, als ein Engel zu ihr trat – sie hatte ihn gar nicht kommen hören – plötzlich war er da. Natürlich erschrak da Mädchen, aber der Engel legte beruhigend seine Hand auf ihren Arm und sagte:

„Maria, du brauchst keine Angst zu haben. Ich soll dir von Gott eine wunderbare Nachricht bringen: Du sollst bald einen Sohn bekommen – einen ganz besonderen Sohn sogar und du sollst ihn Jesus nennen und er wird eines Tages mächtiger als ein König sein und ganz vielen Menschen Glück bringen."

Nun war Maria aber noch viel erschrockener. Was sagte dieser Engel? Sie sollte bald einen Sohn bekommen – mächtiger als ein König gar? – Das konnte sie sich nicht vorstellen. Darum sagte sie:

„Ich kann noch gar kein Kind bekommen, ich bin doch noch gar nicht verheiratet..."

Der Engel aber ließ sie gar nicht weiter reden: „Gott hat dich ausgesucht. Du sollst diesen Sohn bekommen, lass Gott nur machen. Was Gott verspricht, das tut er immer!"

Da dachte Maria an die vielen Geschichten, die sie kannte und es stimmte: immer wenn Gott etwas versprochen hatte, war es geschehen und meistens waren dann die Leute sehr froh geworden. Nun verschwand ihre Angst.

Der Engel aber redete weiter: „Geh zu deiner Cousine Elisabeth, ihr hat Gott ebenfalls einen Sohn versprochen. Du weißt, sie wünschte sich schon so lange ein Kind. Auch ihrem Mann Zacharias habe ich die frohe Botschaft überbracht, dass Elisabeth und er einen Sohn bekommen werden. Er soll Johannes heißen. Es dauert nur noch wenige Wochen, dann wird das Kind geboren werden. Geh zu ihr und unterhaltet euch beide. Eure Kinder werden beide ganz wichtig für alle Menschen sein, denn Gott hat viel mit ihnen vor."

Als Maria das alles hörte, wurde sie richtig froh und aufgeregt. „Ich bin doch nur ein ganz einfaches, unwichtiges junges Mädchen aus einem armen kleinen

Dorf und trotzdem hat Gott mich für so eine wichtige Aufgabe ausgesucht... Das kann ich gar nicht fassen". Der Engel schüttelte den Kopf. „Wie kommst du auf die Idee, dass du unwichtig bist!", fragte er beinahe empört: „Du bist doch ein Kind Gottes. Kein Mensch ist für Gott unwichtig. Im Gegenteil, die Menschen die nicht so angeben und immer die Größten sein wollen, die liebt er am meisten. Dein Sohn wird das später immer wieder zeigen und sagen."
Das zu hören machte Maria noch viel glücklicher.
„ Ach ich freue mich und will alles tun, was Gott von mir verlangt", sagte sie zu dem Engel.
Dann packte sie ein paar Sachen zusammen, legte eine Nachricht an ihren Verlobten, den Zimmermann Josef, auf den Tisch und machte sich eilig auf den Weg zu ihrer Cousine Elisabeth. Dass sie einige Tage über die Berge wandern musste, störte sie gar nicht. Auch Elisabeth freute sich sehr Maria zu sehen, sie hatten sich so viel zu erzählen. Als Maria ihr vom Engel Gabriel berichtete, unterbrach Elisabeth ihre Cousine aufgeregt:
„Genau so war es bei meinem Mann Zacharias. Zu ihm kam auch der Engel Gabriel und hat ihm unseren

Sohn angekündigt. Zacharias ist richtig sprachlos vor Überraschung geworden. Noch immer kann er es fast nicht glauben. Aber der Engel hat gesagt, dass er wieder sprechen kann, wenn unser Johannes geboren ist".

Und genau so ist es dann auch ein paar Wochen später geschehen.

Zuhause in Nazareth kam Josef von der Arbeit. Er wollte seine Braut besuchen, aber er fand nur den Zettel auf dem Tisch:

„Ich werde einen Sohn bekommen und bin zu Elisabeth gegangen, um mich mit ihr darüber zu unterhalten", las er.

Da wurde er erst einmal ganz verwirrt. „Wie kommt es, dass meine Braut Maria jetzt schon ein Kind bekommen kann – vor unserer Hochzeit? Soll ich sie nun besser doch nicht heiraten? Hat sie einen anderen Mann lieb", überlegte er traurig.

In der Nacht kam auch zu ihm ein Engel und sagte: „Josef, du musst dir keine Sorgen machen. Gott hat Maria dieses Kind geschenkt und sie braucht dich jetzt ganz dringend. Alles ist in Ordnung. Nimm sie zur Frau sobald sie von Elisabeth zurück gekommen ist." Das hat Josef dann auch getan.

Einige Monate später war in Bethlehem in einem Stall ein Kind geboren worden – d a s Kind – der Sohn von Maria, Jesus. Wegen einer Volkszählung hatten Josef und Maria sich kurz vor der Geburt auf den Weg von Nazareth über die Berge nach Bethlehem machen müssen.

Erst nach langer Suche hatten sie dieses armselige Quartier gefunden und nun lag das Baby in dem Heu, das dem Ochsen und dem Esel als Futter dienen sollte. Maria war erschöpft und Joseph bemühte sich, so gut es ging, es ihr bequem zu machen.

Draußen vor der Stadt trieben die Hirten ihre Schafe zur Nacht zusammen. Sie hatten sie eben alle in ihrem Verschlag aus Dornengestrüpp untergebracht und wollten sich am Feuer selbst zur Nacht lagern, als ein sonderbares Klingen und Sirren, dazu ein heller Schein sie erschreckte. Wie aus dem Nichts stand da ein Engel vor ihnen. Sie erschraken mächtig. Was geschah ihnen da? Noch bevor sie wegrennen konnten, sprach der Engel:

„Seid ruhig, fürchtet euch nicht. Ich bringe euch eine freudige Nachricht: Heute ist das Kind geboren worden, das eines Tages alle Menschen glücklich machen wird. Es wird ihnen beweisen, dass Gott sie liebt – und zwar alle – auch euch, die armen Hirten. Geht hin und seht euch das Kind an – ihr werdet spüren, dass es ein ganz besonderes Kind ist. Sein Anblick wird euch froh und glücklich machen."

Als der Engel das gesagt hatte, war er auch schon wieder weg. „Haben wir das geträumt?", fragte sich ein jeder der Hirten.

„Ich habe ihn ganz deutlich gesehen", sagte einer und ein anderer Hirte nickte „...ja, ich habe ihn auch gesehen und gehört, was er gesagt hat..." „Dann war er also wirklich hier...", staunte der Dritte.

„Kommt, lasst uns sehen, ob es stimmt, was er uns verkündet hat", meinte der Vierte und sie beeilten sie sich, den Stall mit dem Kind zu finden und es anzusehen. Erst, wenn sie es wirklich finden würden, könnten sie das glauben, was der Engel zu ihnen gesagt hatte: **Gott liebt alle Menschen,** selbst sie, die armen, schmutzigen Hirten. Das wäre ja fast zu schön und niemand hatte ihnen das bisher gesagt – kein Priester und kein Rabbi.

So hat ein Engel in dieser ersten Weihnacht Menschen durch das Geschenk der frohen Botschaft glücklich gemacht und seither gibt es zur Erinnerung an diese Nacht immer wieder Geschenke, die Freude machen – und mitunter sind Weihnachtsengel dabei mit im Spiel.

Theo und die Wunschzettel

Theo fühlte sich rundherum wohl. Es war so gemütlich in seinem neuen Zimmer. Er saß auf dem Sitzsack und sah sich Bücher an – ab und zu las er sogar ein wenig darin. Seit ein paar Monaten ging er zur Schule und er konnte jeden Tag besser lesen, fand er. Draußen war es neblig trüb. Der November hing wie eine graue Gardine über der Stadt. Die letzten braunen Blätter klebten feucht auf den Gehwegen, die Autos fuhren auch tagsüber mit Licht und um vier Uhr gingen am Nachmittag die Laternen an.

In den Kaufhäusern standen schon geschmückte Weihnachtsbäume, während im Supermarkt sogar seit zwei Monaten Weihnachtskekse und Schokoladenweihnachtsmänner herum lagen. Trotzdem war es noch zwei Wochen hin, bis sie die erste Adventskerze anzünden konnten. Theo liebte diese Zeit und eigentlich war auch ihm schon jetzt ziemlich weihnachtlich zumute.

Er suchte nach einem Buch, das zu seiner Stimmung passte. *Lotta kann alles*? Ach nee –für den Weihnachtbaumkauf war es noch zu früh...

Da fiel sein Blick auf das Buch mit ganz vielen Vorlesegeschichten zur Weihnacht. Darin stand auch seine Lieblingsgeschichte, die vom kleinen Weihnachtsengel *Quintus,* eine Geschichte mit ganz vielen Bildern.

Mama hatte sie ihm schon ganz oft vorgelesen. Quintus, ist ein kleiner Engel, der Frau Holle hilft.

Frau Holle schüttelte nämlich nicht nur den Schnee aus ihren Betten auf die Erde hinunter, sie hilft auch dem Weihnachtsmann. Jeder weiß ja, dass er die Wünsche der Kinder sammelt. Seine Weihnachtsengel sind in der Vorweihnachtszeit Tag und Nacht unterwegs und sammeln Wunschzettel, hören den Kindern zu, wenn sie mit ihren Eltern reden und gucken gleichzeitig, ob die Kinder lieb sind.

Frau Holle hat es mit ihren Helferengeln übernommen, die Kinder aus den Kindergärten und den ersten Klassen, die noch nicht schreiben können, zu beobachten. In diesem Jahr hatte Quintus zum ersten Mal auf Weihnachtsstreife gehen dürfen – so nannten sie ihre Flugtouren.

Er sollte hören, was sich die Kita-Kinder wünschen. Es fiel ihm nicht immer leicht zu verstehen, was die Kleinen wollen und lieb sind sie alle – fand Quintus. Weil „seine" Kinder noch nicht schreiben und auch noch nicht so deutlich malen konnten, musste er sich ganz viel merken. Das fiel ihm schwer. Auf dem Weg zu Frau Holle wiederholte er deshalb immer wieder, was er gehört hatte: „Paul wünscht sich einen Bagger und Joshua eine Playmobil Feuerwehr, Sonja einen Puppenwagen und Nina...,Nina...ich glaube..." Während des langen Fluges zu Frau Holles

Haus grübelte der schusselige kleine Engel, aber es fiel ihm nicht wieder ein und so konnte er Frau Holle auch nicht sagen, was Nina sich wünscht.

Frau Holle war zum Glück nicht böse. „Es fällt dir gar nicht wieder ein?", fragte sie freundlich. Der kleine Engel guckte ratlos „Ich weiß es wirklich nicht mehr..., eine Puppe zum Baden oder war es ein Puppenherd oder – nein ich glaube ... - ach ich weiß es einfach nicht!" Traurig senkte Quintus das Köpfchen. „Morgen höre ich noch einmal ganz genau hin", versprach er. Doch auch am Ende dieses Tages konnte er wieder nicht sagen, was die Kleinen sich wirklich zum Fest wünschen – und das lag nicht nur an ihm. Als er nämlich an diesem Tag den Kindern beim Spielen im Garten zuhörte, sagte Paul ganz deutlich: „Ich wünsche mir zu Weihnachten auch so ein Laufrad wie Alexander und Sonja schrie: „Ich auch!", keine Rede mehr von Bagger und Puppenwagen und Nina sagte: „Ich will alles haben, was sich Amelia wünscht".

„Und was wünscht sich Amelia?", fragte Frau Holle. Wieder sah Quintus sie ratlos an und zuckte die Flügelchen: „Ich weiß es nicht, Amelia ist doch kein Kind aus dieser Kita. Ich glaube sie ist Ninas Cousine."

„Und was wünschen sich die anderen Kinder dieser Kita? Jason, Eric, Emma, Selina und wie sie alle heißen? Was soll ich dem Weihnachtsmann berichten?", wollte Frau Holle weiter wissen.

Nun liefen dem kleinen Engel Tränen über die Wangen: „Ich, ich...", schniefte er, „ich konnte es nicht verstehen. Alle sprachen so undeutlich oder so durcheinander... Was soll ich nur machen?"

Frau Holle seufzte. „Wir werden schon etwas für sie finden bis zum Weihnachtsfest", tröstete sie den unglücklichen kleinen Engel. „Wenn alles nichts hilft, werden wir mal horchen, was ihre Eltern so erzählen. Das übernimmt dann Gabriel, der macht das schon seit vielen Jahren sehr gut".

Quintus war erleichtert. Er wollte doch nicht, dass irgendein Kind traurig unter dem Weihnachtsbaum steht.

Natürlich konnte Theo die Geschichte noch nicht so gut lesen wie Mama, aber als er die Bilder sah, erinnerte er sich gleich wieder an alles. Ihm fiel auch wieder ein, dass er sich von da an bemüht hatte, immer ganz deutlich zu sprechen, weil er doch unbedingt die Polizeistation von Playmobil haben wollte. Außerdem hatte Mama ihm geraten, zur Sicherheit noch einen Wunschzettel zu basteln. Darum besorgte sie ihm einen Katalog. Aus dem schnitt er das Bild der Polizeiwache aus und gleich noch einige andere Dinge, klebte alles auf und schrieb ganz deutlich seinen Namen dazu. Die Polizeistation bekam er dann wirklich.

In diesem Jahr wollte er seine Wünsche schon aufschreiben.

Vielleicht würden sie aber auch in der Schule einen großen Wunschzettel von allen Kindern seiner Klasse zum Weihnachtmannbüro schicken. Theos Freund Luca hatte es im vorigen Jahr in seiner Klasse jedenfalls so gemacht.

Theo überlegte: So ein Klassenwunschzettel ist bestimmt einen Meter lang.

Wo war eigentlich dieses Weihnachtsmannbüro und wie kam der Weihnachtsmann bloß mit den vielen Wünschen zurecht? Das mussten doch..., na bestimmt tausend oder noch viel mehr sein.

Wie viel sind eigentlich 1000 Zettel? Er wollte seinen Papa heute Abend bitten, ihm einmal 1000 Blätter Papier zu zeigen. Ob sie so viele Blätter überhaupt besaßen?

Theo lehnte sich bequem zurück, und dachte nach, was er sich zu diesem Weihnachtsfest wünschen wollte und wie er seinen Wunschzettel gestalten würde – mit Bildern, oder sollte er nur schreiben...?

Was würde der Weihnachtsmann zu seinem Wunschzettel sagen, wenn er ihn las? Ob er ihm gefiele? Er schloss die Augen um sich alles besser vorstellen zu können...

„So ein Durcheinander.... Gabriel hilf mir mal bitte". Der alte Mann starrte kopfschüttelnd auf den Zettel. Es war kein Zettel, es waren ganz viele, alle aneinander geklebt und wie ein Leporello gefaltet. Dicht und kreuz und quer, vorne und hinten, in krakeliger und in ordentlicher Schrift, alles durcheinander,

hatten Kinder ihre Wünsche geschrieben.

„Das ist kein Wunschzettel sondern eine Sammelbestellung", knurrte der Mann unwillig.

„Gabriel!", rief er noch einmal. „Gabriel wo steckst du denn?" Er schob seine Lesebrille wieder auf die Stirn, stand auf und guckte in das Nebenzimmer. Auch dort kein Gabriel.

Nur ein Junge, den er noch nie gesehen hatte – wahrscheinlich einer von Frau Holles Boten.

„Hast du gute Augen?", fragte der Alte. Der Junge nickte. „Kannst du schon lesen?" Wieder nickte er „Dann komm mit, du kannst mir helfen. Wie heißt du?" „Theo, ich heiße Theo. Was soll ich tun?" antwortete er aufgeregt.

Neugierig folgte er dem Alten in einen riesengroßen Saal in dem alle Wände voller Wunschzettel hingen. In der Mitte stand ein großer Schreibtisch und daneben waren Berge mit weiteren Briefen und Zetteln.

„Einer muss mir helfen das alles zu sortieren. Das sind die Wunschzettel der Neuköllner Kinder – er zeigte auf einen riesengroßen Haufen und hier", er deutete auf den Schreibtisch zu dem Wunschzettelleporello „den hat vorhin Frau Holles Engel Quintus aus Friedenau abgegeben. Darauf stehen alle Wünsche der Klasse1a. So kann ich den aber nicht an die Geschenkabteilung weiter leiten. Ich muss daraus viele einzelne Zettel, für jedes Kind einen, machen. Du liest mir jetzt Name und Wunsch vor und ich schreibe – oder willst du schreiben?"

Theo schüttelte erschrocken den Kopf. Das Lesen ging ja schon ganz gut, fand er, aber schreiben konnte er bisher nur ganz wenige Worte.

„Na dann fang mal an vorzulesen. Du musst gut aufpassen, dass du den richtigen Namen zum richtigen Wunsch findest, damit die Kinder von der 1a zum Weihnachtsfest auch die richtigen Geschenke bekommen. Stell dir vor, wie dumm es wäre, wenn Carlotta das Skateboard bekäme, das sich Alex wünscht und bei ihm landet das Barbiehaus".

Nach einer Stunde hatten sie es fast geschafft. Nun war nur noch ein Name und ein Wunsch übrig: „Theo wünscht sich ...", begann der Junge, dann fiel ihm ein, dass er gerade seinen Wunsch vorlesen würde, da stutzte er. Immer wieder drehte und wendete er den Zettel, aber da stand nur: *eine Puppe, die trinken, Pipi machen und weinen kann.* „Ich glaube, da habe ich irgendwo einen Fehler gemacht", gab er kleinlaut zu. „Was machen wir nun? Da ist nur noch ein Puppenwunsch übrig und Theo will bestimmt etwas ganz anderes haben. Das weiß ich genau!"

Der Weihnachtsmann – und um keinen anderen handelte es sich hier – rieb sich müde die Augen. „Ach was, warum soll er sich nicht über eine Puppe freuen", sagte er. „Warum soll sich nicht auch ein Junge eine Puppe wünschen? Männer wünschen sich ja auch Kinder!" Kurz und bündig bestimmte er „Wir lassen es dabei – Theo bekommt in diesem Jahr eine Babypuppe."

In der Zwischenzeit waren schon wieder Engel mit vielen Säcken voller Wunschzettel gekommen und hatten sie vor dem Weihnachtsmann ausgekippt.

Doch bevor Theo noch einmal mit dem Weihnachtsmann über die Puppe reden konnte, schickte der ihn auf die Suche nach dem Engel Gabriel.

„Such ihn und bringe ihn her. Wenn er mir nicht bald zu Hilfe kommt, wird es in diesem Jahr noch viel mehr Puppen und Autos auf den falschen Gabentischen geben", sagte der Weihnachtsmann seufzend und griff nach einem der vielen neuen Wunschzettel.

Eilig machte sich Theo auf den Weg. Weil er aber nur nach Gabriel Ausschau hielt und nicht auf den Weg achtete, rutschte er von einer Wolke und ...landete auf seinem Kinderzimmerteppich. Verwirrt sah er sich um – war er denn gar nicht im Weihnachtsmannland?

Er wollte schon ein wenig traurig werden, dass alles nur ein Traum war, als er sich daran erinnerte, dass dann er, Theo aus der 1a, in diesem Fall eine Puppe zu Weihnachten bekommen würde.

„Ein Glück, dass alles nur ein Traum war", dachte er da erleichtert. Sicherheitshalber beschloss er, seinen Namen auf dem Wunschzettel ganz deutlich zu schreiben und Papa und Mama auch zu sagen, was er sich wünschte. Sicher ist sicher!

Vorlesestunde

Endlich war der erste Advent gekommen. Mama hatte alles für eine gemütliche Adventsstunde vorbereitet: Auf dem Tisch stand ein Teller mit leckeren Plätzchen und das Buch mit den vielen Geschichten vom vorigen Jahr hatte sie auch schon dazu gelegt. Sie kannten ja noch längst nicht alle

Lukas und Lilly, seine kleinen Geschwister,, kletterten auch auf die Couch.

Theo versuchte den Titel zu lesen. Ein bisschen konnte er sich natürlich schon denken, wovon die Geschichten handelten, aber er versuchte seit einiger Zeit immer alles durch Lesen herauszufinden.

WE –I..., WEI... WEI –H- NA... aber was C und das H danach sollten, wusste er noch nicht – obwohl ..., eigentlich konnte das nur WEIHNACHT heißen und dann S GES – er grübelte etwas WEIHNA ...?

WEIHNACHTSGESCHICHTEN – Das war `s!

Er war stolz! „Mama ich weiß wie das Buch heißt", sagte er, als sie mit den Streichhölzern kam, um das erste Licht auf dem Kranz anzuzünden.

Auch Mama war stolz auf ihren tüchtigen Leser. Sie strich das Streichholz an. „Rrrtsch" machte es, und ein kleines Flämmchen leuchtete auf. Während sie es an die Kerze hielt, stibitzte sich Lukas schon einen Keks. „Wollt ihr auspusten?", fragte Mama und hielt den Dreien das Streichholz hin. Aus Lukas Mund regneten Krümel über ihre Hand und den Tisch. Strafend sah Mama ihn an und schickte ihn in die Küche, um einen Lappen zu holen.

Derweil besah Theo sich das Buch genauer.

„Alles nur Mädchenengel, bis auf einen. Gibt es denn wirklich fast nur Mädchenengel?"

Mama sah auf das Buch und schüttelte den Kopf.

„Nein, in der Bibel gibt es drei Engel, die als erwachsene Männer beschrieben werden, sie haben alle männliche Namen: Michael, Raphael und Gabriel und fast immer treten sie ohne Flügel auf – sind einfach nur Boten Gottes. Ihre Aufgabe ist es, den Menschen Gottes Willen zu verkünden, ihnen zu helfen und sie zu beschützen oder sie zu trösten.

In der Weihnachtsgeschichte kommen noch weitere Engel vor, einige singen, und der Engel Gabriel erzählt

Maria, dass Gott ihr einen Sohn schenken will und einer kommt zu den Hirten auf dem Feld, ich weiß nicht, welcher das war.

Irgendwann erzähle ich euch auch diese Geschichten einmal, aber heute wollen wir mal sehen, ob wir vielleicht noch einen Engel finden, der kein Mädchen ist. Ich glaube, ich habe da eine gefunden. Sie heißt:

Fips der Bengel-Engel

Fips war einer von den vielen, vielen Schutzengeln, die Gott den Kindern zur Seite stellt. Eigentlich wohnen sie ja bei IHM – in seiner Nähe – aber wenn ER eine Aufgabe für sie hatte, dann gingen sie natürlich ganz nahe an ihre Schutzbefohlenen heran.

Es war Hofpause. Fips saß auf dem Ast der Schulhofkastanie. Von hier hatte er einen prima Überblick und den brauchte er auch. Die Großen aus den sechsten Klassen spielten oft sehr wild – gerade vorhin hatte einer versucht auf diesen Baum zu klettern.

Natürlich war er abgerutscht, aber Fips flog schnell hin und passte auf, dass er nicht so hart auf den Boden plumpste. Ganz oft musste er Streitigkeiten und kleine Rangeleien verhindern. Das tat er, indem er andere Kinder hinschickte, die sich friedlich einmischten und wenn das nichts half, schob er den Lehrer, der Aufsicht hatte, einfach dorthin. Der bemerkte natürlich nicht, dass er geschoben wurde, er sah einfach plötzlich, dass zwei stritten...

Meistens war Fips über das Ende der Hofpause ganz froh. Anders als die meisten Kinder, freute er sich auf die ruhigen Unterrichtszeiten. Aber auch da gab es immer etwas für ihn zu tun.

Auch am 6. Dezember. Zu diesem Nikolaustag hatte sich Frau Metzler, die Musiklehrerin etwas ganz besonderes ausgedacht: Die Kinder der Klassen 1-3 durften im Mehrzweckraum auf den „Nikolaus" warten. Er hatte für alle Kinder eine kleine Überraschungstüte im Sack und die Kinder, die ein Gedicht aufsagen oder gar ein Lied vorsingen konnten, bekamen noch ein kleines Geschenk – einen tollen Radiergummi, einen besonderen Bleistift oder Anspitzer, einen Schlüsselanhänger oder Minipuzzle –na etwas in der Art.

Fips wusste schon von den Jahren zuvor, wie das ausgehen würde: Die Mädchen wollten singen und aufsagen, und die Jungen versteckten sich auf ihren Stühlen hinter den Rücken der Vordermänner, um bloß nichts tun zu müssen. Dafür lachten sie oder lästerten in der Pause hinterher. Dass sie dann auch versuchten, den Mädchen die Geschenke abzujagen, wusste er ebenfalls aus Erfahrung. Aber das ging meistens ohne wirklichen Ärger aus, denn die Mädchen konnten ebenfalls sehr schnell rennen.

„In jedem Jahr das Gleiche", dachte er traurig. Besondere Sorgen machte er sich in diesem Jahr um Antonio aus der 1b. Toni, wie er von fast allen nur genannt wurde, war etwas zu dick – und völlig unsportlich, beim Rennen immer der Letzte. Das lag zum Teil an seiner Oma. Die kam nämlich aus Italien und fand, dass Kinder immer viel essen müssen. Damit ihr kleiner Tonio – so nannte sie ihn – immer brav aufisst, bekam er dann als Belohnung immer noch ein Eis oder eine Cremeschnitte oder... na, etwas ganz Leckeres, das Toni viel besser schmeckte als Pasta oder Gemüse. Außerdem fand seine Oma, dass Spielplätze mit Klettergerüsten viel laut und zu gefährlich waren für sie und ihren Tonio. Dafür las sie ihm ganz viele italienischen Bücher vor, sang mit ihm die Lieder ihrer Heimat oder sie spielten im Garten zusammen Spiele, denn an die frische Luft sollte er natürlich auch! Natürlich hatte Toni auch Eltern, aber die besaßen ein italienisches Lokal und hatten nie Zeit. So kümmerte sich seine Nonna – so nennen italienische Kinder ihre Oma – um ihn.

Weil Toni zwar sehr gern sang und inzwischen sogar schon recht gut las – sogar italienische Kinderbücher, aber nicht schnell rennen konnte und auch sonst nicht sehr sportlich war, hatte er noch immer keinen Freund gefunden. Die besten Fußballer und die schnellsten Renner oder die mutigsten Kletterer und die mit der größten Klappe, waren viel beliebter als er, auch bei den Mädchen. Singen und Lesen wurde nicht bewundert.

Das muss ich heute mal ganz gründlich ändern, nahm sich Fips vor. Er hatte auch schon einen Plan:

Die Nikolausstunde war fast zu Ende, da flüsterte Fips dem Nikolaus etwas ins Ohr. Weil Schutzengel ja unsichtbar sind, bemerkte das zum Glück keiner.

„Ich höre gerade, hier gibt es einen Antonio, der ein italienisches Weihnachtslied singen kann", sagte der Nikolaus und schaute in die Runde.

Alle Kinder drehten sich erstaunt um und zeigten auf Toni. Da half es auch nichts, dass er sich auf seinem Stuhl immer kleiner machte und sich hinter dem großen Paul versteckte.

Auch Frau König, seine Klassenlehrerin sah überrascht zu ihm hin. Als sie sah, dass er sich nicht rührte, kam sie zu seiner Reihe und forderte ihn freundlich auf, dem Nikolaus doch den Gefallen zu tun und ihm das Lied vorzusingen.

Toni machte sich noch kleiner und schüttelte den Kopf. Er wollte schon beginnen zu weinen, aber da hatte er die Rechnung ohne Fips gemacht. Der kitzelte ihn ein wenig hintern Ohr, wie seine Oma es auch immer machte, wenn ihr Antonio erst überredet werden musste und flüsterte ihm ins Ohr: Na los, alle werden staunen –nur Mut... ich steh dir bei."

Toni stand auf, zwar wunderte er sich über sich selbst, aber irgendwie war seine Furcht plötzlich weg, dass ihm ein Schutzengel zur Seite stand, auf die Idee kam er nicht – wie auch? Fips war und blieb unsichtbar.

„Wie heißt denn das Lied? Vielleicht kenne ich es ja und kann dich begleiten", schlug die Musiklehrerin vor. Schüchtern flüsterte Toni: *„Tu scendi dalle telle"* - und sie kannte es wirklich - hob ihn auf die Bühne und setzte sich ans Klavier - spielte die Melodie kurz an und dann sang Toni. Mit jedem Ton wurde er mutiger und als er geendet hatte, lachte niemand, aber alle klatschten wie verrückt und die Kinder seiner Klasse waren richtig stolz auf ihn. Auch der Nikolaus war begeistert. Er griff in seinen Sack, holte ein Geschenk heraus und übereichte es Toni – es war ein Bleistift mit einem kleinen Nikolaus als Radiergummi am oberen Ende. Stolz ging Toni auf seinen Platz zurück.

Weil es ganz kurz vor der großen Pause war, sangen alle zum Abschied noch das Lied *„Lasst uns froh und munter sein..."* und drängelten sich dann ganz schnell aus dem Saal, um sich ihre Jacken für die Hofpause zu holen. Nachdem er den Stift sicher in seiner Mappe versteckt hatte, wollte Toni schon wieder auf die Toilette gehen – das machte er immer, um nicht so lange alleine auf dem Hof herum zu stehen, als Samira, Paul und Lena auf ihn zukamen, ihn einfach in die Mitte nahmen und mit ihm zusammen auf den Hof gingen.

„Das war Spitze..." – „...du kannst ja toll singen"
„Kannst du auch richtig italienisch sprechen?"
Toni wusste gar nicht, wie ihm geschah – plötzlich war er der Mittelpunkt. Wenn von da an wieder mal jemand lästerte, weil er nicht so schnell rennen oder so weit springen konnte oder sich nicht auf die Spitze eines Klettergerüstes traute, dann sagte immer irgendjemand: „Lass ihn in Ruhe – du traust dich dafür nicht zu singen".
Fips war sehr zufrieden!

Die Geschichte vom Kullerkeks

In der Adventszeit wird jede Bäckerei zur Weihnachtsbackstube. Wenn die Brötchen und Brote, die Streuselschnecken, Schweineohren, Croissants und Apfeltaschen in der Auslage im Laden liegen, kommen die kleinen Kuchenstücke hinterher und dann? Dann ist endlich etwas Zeit für die Weihnachtsplätzchen. Heute sind bei Bäckermeister Bause zuerst die Kulleraugen dran – ja so heißen diese Kekse wirklich – KULLERAUGEN. Sie sind aus leckerem Mürbeteig mit viel Vanille und einem Kranz aus gehackten Nüssen. Die sehen beinahe aus wie Wimpern. Das Auge besteht aus einem Klecks Kirschmarmelade in der Mitte. Besonders die Kinder lieben dieses Gebäck. Deshalb wird es immer gleich am Anfang der Woche in großer Menge gebacken. Wenn dann nämlich die Mütter oder Väter mit ihren Kindern zum Brötchenkaufen kommen und ihre Kinder fragen: „Möchtest du ein Rosinenbrötchen oder ein Käsebrötchen oder doch eine Schrippe?", dann antworten die Kleinen ganz oft: „So was", und zeigen auf das Tablett mit den Keksen.

Ihr seht also, in einer Bäckerei mit einer Backstube ist allerhand los und damit in den Weihnachtsbackstuben zwischen dem heißen Ofen, den Küchenmaschinen und Messern, den zerbrechlichen Eiern und heißen Backblechen nicht auch noch das eine oder andere kleine Unglück passiert, sind in dieser Zeit noch viel mehr Schutzengel unterwegs als sonst.

Besonders aufregend war es für den kleinen Schutzengel Fips. Er war nämlich heute mal nicht zur Beaufsichtigung einer Schule oder eines Kindergartens geschickt worden, sondern durfte in der Backstube und im Laden vom Bäckermeister Bause aufpassen.

An diesem Montag, von dem ich euch erzählen will, stand schon seit einer Weile das Blech mit den Kulleraugen zum Abkühlen auf dem großen Regal für die Backbleche, als Frau Bause in die Backstube kam und fragte: „Wo bleiben denn die Kulleraugen. Auf meinem Tablett im Laden schauen mich nur noch fünf davon ganz traurig an."

Eilig zog der Bäckergehilfe das Backblech aus dem Regal und stieß dabei an eine Ecke des Ofens. Ein Kulleraugenkeks der ganz vorne lag, rutschte dabei gefährlich nah an die Kante und wäre wohl runtergerollt, hätte Fips ihn nicht gerettet und zurück geschoben.

Von nun an passte der kleine Engel auf dieses Plätzchen besonders auf, damit aus dem Kullerauge kein Kullerkeks würde. Was nämlich auf die Erde fällt, darf nicht mehr verkauft und gegessen werden, das hatte

Fips schon gelernt. Da ist man in einer Bäckerei sehr genau!

Fips achtete darauf, wohin der Gehilfe den Keks legte und als er fertig war und das Tablett nach vorne in den Laden brachte, zog Fips den Keks vorsichtig aus dem Stapel und legte ihn ganz obenauf. „Es ist sicherer, wenn er gleich verkauft wird", sagte er sich. Ich soll ja eigentlich auf die Bäcker achten, damit sich kein Unfall in der Backstube ereignet, aber wenn so ein schöner Keks runter fällt, ist das ja schließlich auch ein Unfall!" Da lag das Kullerauge nun also ganz oben auf dem silbernen Tablett an der Ladentheke, als die Türglocke klingelte und Nele mit ihrem Papa die Bäckerei betrat. „Hm, Papa, riech mal", das Kind sog den leckeren Duft ganz tief in seine Nase, die jetzt im warmen Laden auch gleich ein wenig lief. "Hmm. wie Weihnachten!", schniefte sie noch einmal. Papa fand das auch, aber dann sagte er zur Bäckerin nur:„ Sieben Schrippen bitte und ein kleines Vollkornbrot" , „...und ein paar von den Keksen da!", beendete Nele seine Bestellung. „Kekse?", Papa sah sein Kind erstaunt an. „Mama hat von Keksen nicht gesagt," und zur Bäckerin: „Wir nehmen die sieben Schrippen und ein kleines Vollkornbrot und keine Kekse!" Da wurde Nele traurig, sie bettelte: „Aber wenigstens einen! Die sehen so lecker aus!"

„Einen Keks kann man nicht kaufen und vor dem Frühstück werden keine Kekse gegessen!" Papa blieb eisern und Nele begann zu heulen.

Aufgeschreckt kam Fips in den Laden. Was war denn da los? Konnte er helfen, musste er helfen? Auch die Bäckerin war ein wenig ratlos. Sie fand, dass ein Keks vor dem Frühstück ganz in Ordnung ist, aber sie war unentschlossen, was in diesem Fall zu tun wäre. Da gab Fips ihr einen kleinen Stups und wie von allein griff ihre Hand nach der Kekszange und sie reichte Nele eines von den Kulleraugen über den Ladentisch und sagte freundlich: „Hier, den schenke ich dir. Aber du darfst ihn erst nach dem Frühstück essen, ja?"
Dann gab sie Papa die Tüten mit den Schrippen und dem Brot. Papa zahlte und eine glückliche Nele verließ mit ihm die Bäckerei. Auch Fips war froh, dass sein Keksschützling ein kleines Mädchen glücklich machen würde.

Draußen war es sehr kalt. Nele hatte ihre Handschuhe vergessen. Mit dem etwas klebrigen Marmeladenkeks wollte sie sie nicht in die Tasche stecken und essen durfte sie den Keks ja nicht. Da hatte sie eine Idee: „Papa, kann ich den in die Brötchentüte packen?", fragte sie ihn, als sie an der Ampel standen. Papa öffnete die Tüte, aber irgendwie geschah es, dass Neles kalte Finger es nicht richtig schafften, den Keks in die Tüte zu legen. Als die Ampel grün wurde und sie eilig losliefen, fiel er auf die Straße. „Papa! Mein Keks!", brüllte Nele. Sie wollte stehen bleiben und ihn aufheben, aber Papa zog sie einfach weiter.

„Komm, auf dem Damm bleibt man nicht stehen und was auf der Straße lag, wird nicht mehr in den Mund gesteckt, das weißt du doch", erklärte er. Wieder füllten sich Neles Augen mit Tränen, jetzt würde ihr schöner Keks überfahren werden. Sie drehte sich um. Da sah sie, dass ihr Kullerauge ganz dicht an die Gehwegkante zurück gekullert war – ein Kullerkeks eben. „Und was passiert jetzt mit meinem schönen Keks?" „Den holen sich bestimmt gleich die Spatzen, komm weiter!" Papa wollte nach Hause, aber Nele blieb stehen. „Nur bis noch zweimal Grün war. Ich will sehen, was mit ihm passiert", bettelte sie.

Und wirklich, Papa hatte recht: Als die Autos alle vorüber gefahren waren, kamen sofort ganz viele Spatzen geflogen. Sie wollten sich schon gemütlich bei dem Keks niederlassen und gemeinsam frühstücken, als auch noch eine Krähe angesegelt kam, sich das Kullerauge schnappte und damit auf das nächste Straßenschild flog. Von hier aus überlegte sie, wo sie ihre Beute wohl in Ruhe verzehren konnte. Eigentlich fressen Krähen ja lieber große Insekten und Nüsse aber wenn sie Hunger haben, fressen sie alles andere genau so gerne – auch Kulleraugen!

Wo eine Krähe ist, sind meistens noch andere und was die eine hat, will die andere auch! Es dauerte nicht lange, da hatte eine Zweite die Krähe mit dem Keks im Schnabel auf dem Straßenschild erblickt und wollte auch etwas von der Beute abhaben.

„Hau ab, das ist meiner", krächzte die mit dem Keks im Schnabel deshalb - und schon lag der Kullerkeks wieder auf der Straße, kullerte auf den Damm und wurde von den Autos sogleich zu tausend Kekskrümeln zerfahren. Schief blickte die Krähe ihrer verlorenen Beute hinterher. Die Spatzen aber kamen wieder angeflogen und teilten sich friedlich den Keksschmaus. Bis die nächsten Autos sich vor der Ampel versammelten, waren alle Krümel von der Straße verschwunden.

„Na siehste", sagte Papa, „auch bei Vögeln ist es so: Wenn zwei sich streiten, freut sich der Dritte."

„Ich bin froh, dass die kleinen Spatzen meine Keks bekommen haben". Zufrieden ging Nele mit Papa zum Frühstück nach Hause.

Vom krummen kleinen Tännchen

Weit draußen vor der großen Stadt, dort wo sich Fuchs und Hase „gute Nacht" sagen, da liegt die Baumschule von Gärtner Eckard. In langen, geraden Reihen stehen die jungen Apfel-, Kirsch-, Birnen-, Pflaumen- und Aprikosenbäumchen.

In jedem Frühjahr tragen sie mehr Blüten und im Spätsommer sogar schon einige Früchte. Im Sommer strecken sie ihre neuen Triebe zur Sonne und rauschen fröhlich mit ihrem Laub wenn Gärtner Eckard durch die Reihen geht und ihr Wachstum begutachtete. Kommen in der Erntezeit Kunden zu ihnen, die sich einen Obstbaum für ihren Garten aussuchen wollen, dann lachen die roten Äpfel, glänzen die blauen

Pflaumen, duften die goldgelben Aprikosen und locken die Birnenbäume mit ihren leckeren Früchten.

Sehr viel ruhiger geht es auf einem anderen Feld zu. Hier stehen kleine Tännchen, die einmal große Weihnachtsbäume werden sollen. In Reih und Glied – wie die Soldaten – stehen sie da. Noch ist viel Platz zwischen ihnen, noch sind ihre Ästchen kurz, noch sitzen nur selten Vögel auf ihren Zweigen.

Als der Gärtner im Herbst zu ihnen kam, wisperten sie aufgeregt: „Ob wir jetzt dran sind?" Einer der wenigen Vögel hatte ihnen nämlich erzählt, dass auch sie eines Tages diesen Platz verlassen würden und eine wunderbare Zeit als Weihnachtsbaum auf sie warte.

„Ich habe gehört, dass ihr mit Gold und Silber behängt werdet und sogar in den Häusern der Menschen stehen dürft", hatte ein Spatz ihnen gezwitschert. „Kerzen werden euch zum Strahlen bringen und Kinder euch mit großen Augen bewundern", ergänzte ein Star, der es selbst sehr liebte, bewundert zu werden.

„Mit Gold und Silber..., das ist ja noch viel besser, als rote Äpfel oder blaue Pflaumen", freute sich ein Tännchen aus der ersten Reihe, das im Spätsommer immer etwas neidisch auf die hübschen Früchte der Obstbäume geschaut hatte. Seine drei kleinen braunen Zapfen fand es nicht halb so schön...

„Ihr müsst euch nur anstrengen und schön gerade halten", riet ihnen eine kleine Meise, die hörte, was der Spatz erzählte. „Wer krumm ist, muss hier bleiben",
„„... oder landet im Zoo als Elefantenfutter...hähähäh," knarrte hämisch eine Elster im Vorbeifliegen.

Die Bäumchen erzitterten vor Schreck bis in die Nadelspitzen. Sie hatten keine Ahnung was ein Zoo oder gar ein Elefant war, aber dass es etwas Bedrohliches war, hörten sie aus dem hässlichen Lachen des Vogels heraus. Von nun an reckten sie ihre Spitzen noch eifriger zur Sonne und hofften, dass die Triebe des neuen Jahres schön gleichmäßig aus ihren Zweigen sprossen.

Kritisch sahen sie in den nächsten Jahren auf ihre Nachbarn. Waren die etwa schöner, gerader, grüner, dichter als sie? Würden sie schön genug für die Wohnstuben sein, würdig als Weihnachtsbaum geschmückt zu werden? Die Vögel berichteten von ihren Flügen in die Stadt erstaunliche Dinge über das Schicksal der Weihnachtsbäume: Von der Freude der Kinder, wenn sie mit ihren Eltern einen Baum gekauft hatten, ihrem prachtvollen Aussehen zum Weihnachtsfest... Aber das war nur die eine Seite – es gab auch noch das: Sie würden nach den Festtagen wieder aus den Zimmern heraus geworfen, seien dann sogar oft fast ohne Nadeln, würden in den Zoo als Tierfutter und Spielzeug gebracht werden, aus manchen Stämmen mache man Leuchter und Spielfiguren, Wanderstöcke oder Zäune – sogar im Feuer landeten manche anschließend.

„Freut euch, das ihr hier in der Sonne stehen könnt, der Wind euch streichelt, der Regen euch abwäscht und wir euch besuchen", riet ein Spatz, der mit seiner Familie gerne in den Zweigen der Bäume tobte.

„Alles ist besser, als immer nur hier herum zu stehen", erklärte eine besonders hübsche Tanne. „...und sich von euern frechen Jungen die frischen Nadeln abknabbern oder sogar bekacken zu lassen. Das ist eklig und langweilig. Ich will unbedingt ein prächtiger, strahlender Weihnachtsbaum werden. Was verstehen Spatzen schon von der Sehnsucht eines Tannebaumes nach Pracht und Eleganz!"

So vergingen drei weitere Sommer. Im August gingen Gärtner Eckard und ganz viele fremde Männer an ihren Reihen entlang, kniffen die Augen zu, betrachteten ihren Wuchs und prüften, ob sie gerade oder krumm waren, schön grün und saftig. Sie befühlten

die Nadeln, legten Zollstöcke an, umrundeten die Bäumchen und hängten bunte Zettel mit ihren Namen an die Spitzen. Bald sah die Tannenabteilung aus, wie ein geschmückter Kindergarten zum Sommerfest, so viele bunte Fähnchen flatterten im Wind.
Dann kam der Herbst. An einem kühlen, nebligen Novembertag erschienen viele Männer mit Motorsägen, Ohrenschützern und Helmen und begannen Baum für Baum abzusägen. Das tat weh, aber das gehörte wohl zu der wundervollen Zukunft dazu.

„*Wer schön sein will, muss leiden*", sagte einer der Männer, als ein besonders hübsches Bäumchen laut ächzte. Er sägte es ab und warf es auf den Haufen mit den roten Zetteln.

Bald lichteten sich die Reihen. Nur ganz wenige Tannen standen noch in der Erde. Sie alle hatten keine Fähnchen an der Spitze. Jetzt, wo sie fast alleine standen, sah man es noch deutlicher: sie waren allesamt zu klein geblieben oder nicht gerade und regelmäßig gewachsen – hier fehlten an einer Seite Äste, dort gab es verkrüppelte Spitzen, der eine hatte einen krummen Stamm und der andere sogar viele braune Nadeln.

„Die holt morgen der Zoo ab", sagte Gärtner Eckard, warf seine Säge auf den Anhänger mit den gefällten Bäumen und stieg nach einem letzten Blick über das fast leere Feld auf seinen Trecker.

Die Tännchen ließen die Spitzen hängen, harzige Tränen liefen ihnen am Stamm hinunter – kein Gold und Silber für sie..., nie würden sie ein Menschenhaus von innen sehen, keiner würde sie bewundern... Was passierte mit ihnen im Zoo?

Früh am nächsten Morgen tuckerte der Trecker heran, Männer sprangen herunter und sägten die letzten Bäumchen ab. Zwischen den Männern sprang ein Junge herum – Nils, der Sohn des Zoodirektors. Er sollte einen zwei Bäume für seine Eltern und seine Oma in der Baumschule aussuchen. Bevor die Männer die Sägen anwarfen, lief er zu einer besonders krummen kleinen Tanne, streichelte ihre Nadeln und rief: „Die will ich haben! Die soll bei uns zuhause in unserem Zimmer stehen und...", er sah sich um, „die da drüben und die dort hinten sind für meine Oma und für den Kinderzoo – und ihr dürft sie nicht absägen. Ich will sie mit Wurzeln haben. Bitte! Geht das?" Der Mann, der mit seiner Säge am nächsten stand lachte: „Was willst du denn mit diesen krummen Wichten? Geh in die nächste Reihe, dort stehen noch viele gerade Bäume herum, die sich die Weihnachtsbaumkäufer selber absägen dürfen. Such dir dort welche für dich aus".

Aber Nils schüttelte den Kopf. „Nein, ich will diese drei Tannen. Sie sind doch so viele Jahre lang gewachsen und das soll nicht vergeblich gewesen sein. Ich glaube das Christkind hat Kleine und Krumme ganz besonders lieb – es war doch auch so klein und schwach als es im Stall geboren wurde. Meinen und Omas Baum will ich gleich nach Weihnachten wieder im Garten einpflanzen. Bestimmt werden sie eines Tages doch noch kräftige Tannen und in jedem Jahr bekommen sie dann Lichterketten und Meisenkugeln. Der Baum für den Kinderzoo wird schon gleich eingepflanzt und am Weihnachtstag mit Äpfeln und Meisenkugeln für die Vögel geschmückt. Das wird bestimmt toll!" Dann band er rote Schleifen an die Spitzen dieser Bäume und holte aus dem Anhänger schon mal den Spaten, um die Bäumen frei zu graben.

Das war schwerer, als er gedacht hatte. Zum Glück half ihm ein Arbeiter. Er schickte Nils währenddessen in die Gärtnerei um Tücher zu holen, mit denen er die Wurzelballen nach dem Ausgraben fest einwickelte. „Du darfst sie nicht lange im Zimmer stehen lassen, sonst kannst du sie nicht mehr in den Garten pflanzen", riet er ihm. „Stelle sie jetzt in große Kübel und gieße sie schön, hole sie erst zum Heiligen Abend ins Haus und vor Silvester sollten sie schon wieder draußen stehen – oder in einem hellen, kühlen Schuppen."
Nils versprach, es genau so zu machen.

Die drei Bäumchen konnten ihr Glück kaum fassen. Keine scharfe Säge knabberte an ihrem Stamm und dennoch würden sie mit Gold und Silber in den Zimmern stehen. Sie freuten sich so auf die Heilige Nacht – wenn sie auch nicht wussten, was das eigentlich war - und auf die Zeit in einem anderen Garten.

Julepuppe

Wisst ihr eigentlich, dass die Nächte vor Weihnachten ganz besondere Nächte sind?
Die Träume dieser Nächte sind voller Vorfreude auf den Heiligen Abend.
Besonders aufgeregt warten natürlich die Kinder. Das Christkind kommt ja nicht mit leeren Händen. Seine unzähligen Helfer sind schon seit Wochen in aller Heimlichkeit damit beschäftigt, Weihnachtsfreude vorzubereiten.
Selbst die Spielsachen in den Kinderzimmern sind in den Nächten vor Weihnachten so aufgeregt, dass sie wie lebendig herumzappeln. Sogar reden können die Puppen, Stofftiere, selbst die Autos, in dieser Zeit. Wenn alle Kinder und Eltern tief und fest schlafen,

dann erwachen sie. Wispern und Flüstern erklingt in den Spielzimmern, ein Rascheln und ganz leises Klappern ist zu hören, dann huschen Autos über den Teppich, klettern Stofftiere vom Regal und kommen auf einen Schwatz zu den Puppen ins Puppenbett oder dem Puppenwagen. Ihre Gespräche drehen sich dabei meist nur um ein Thema: Wer oder was kommt neu zu uns, spielen die Kinder nach der Bescherung nur noch mit den neuen Sachen, oder wirft man uns vielleicht sogar weg?

Es geschah in solch einer Nacht im Kinderzimmer von Nele: Auf dem Regal erwachten der Stoffhund Bommel und Teddy. Irgendetwas stimmte nicht... Teddy setzte sich hin und lauschte. Da war doch was...

„Hörst du das auch?" Er sah zu Bommel, „ich glaube da weint jemand!"

Bommel spitzte die Ohren. Wirklich, Teddy hatte sich nicht geirrt: Aus der Kiste mit dem alten Spielkram kam das Schniefen.

Nanu, wer ist denn da so traurig?", wunderte sich Bommel, kletterte vom Regal und ging mit seiner

Schnüffelnase ganz dich an die Kiste. Da sah er sie, *Julchen,* Neles Puppenkind.

Nele hieß das kleine Mädchen, dem die Spielsachen in diesem Kinderzimmer gehörten und dass jetzt süß und selig in seinem Kinderbett schlief und träumte. Es träumte von Weihnachten und einer neuen Puppe – einer, die Haare zum Bürsten hatte, mit den Augen klappern, weinen und sogar trinken und Pipi machen konnte. Ihre Freundin Lisa hatte vor kurzem so eine wunderbare Puppe zum Geburtstag bekommen.

Ihre *Jule* besaß nichts davon – hatte nur eine Glatze und Augen, die immer auf waren, selbst wenn sie schlafen sollte. Jules Arme und Beine waren schlenkrig und aus Stoff, und einen Nuckel oder gar eine Milchflasche konnte man ihr auch nicht in den Mund stecken. Außerdem fehlte ihr seit gestern ein Bein und das war so passiert: Nele hatte ihre Puppe zum Spielzeugtag mit in den Kindergarten genommen. Als Kevin

Jule sah, sagte er: „Da ist ja wieder die doofe Lumpenpuppe", dann riss er sie Nele aus der Hand und schmiss er sie hoch in die Luft. Natürlich beschützte Nele ihr Puppenkind – auch wenn sie inzwischen selbst unzufrieden mit *Julepuppe* war. Sie wollte Kevin die Puppe wegnehmen. Der hielt sie fest – beide zerrten an dem armen Puppenkind herum und rrritsch – riss das Bein ab. Nele weinte so lange, bis Mama sie mittags abholen kam. Sie versprach, das Bein irgendwie wieder anzubringen. Aber es klappte nicht.

Jule war kaputt - und mit einer einbeinigen, kaputten *Jule* wollte Nele nicht mehr spielen – schon gar nicht, wenn ihre Freundin Lisa mit ihrer schönen Puppe Isabella am Nachmittag zum Spielen kam.

So landete *Jule* in der Kiste und Nele hoffte, dass bald ein wunderschönes neues Puppenkind an ihrer Stelle im Puppenbett liegen würde. Zum Glück hatte sie schon vor ein paar Tagen ihre Mama gebeten, ihr beim Wunschzettelschreiben zu helfen:

Eine neue Babypuppe, die alles kann - schrieb Mama und Nele klebte zur Sicherheit aus dem Spielzeugkatalog noch das Bild von genau so einer Puppe daneben.

Teddy und Bommel wussten davon nichts. Jules Weinen machte auch sie traurig. Natürlich wollten sie ihr helfen. Aber wie? Erst einmal holten sie die Verletzte aus der Kiste und legten sie wieder ins weiche Puppenbett. Bestimmt hatte Nele gar nicht bedacht, wie unbequem ihr Puppenkind mit dem verletzten Bein auf den harten Spielsachen lag.

„Hier im Bett hast du es doch gleich viel gemütlicher", sagte Teddy tröstend und deckte sie vorsichtig zu.

Am Morgen staunte Nele. Wie kam die Puppe ins Bett? Hatte Mama sie dorthin gelegt? Weil sie doch keine neue Puppe bekommen würde? Zum Glück erinnerte sich das Mädchen an seinen Traum von der vergangenen Nacht. Da hatte sie schon mit dem schönen neuen Puppenkind gespielt, hatte Haare gekämmt, sie gefüttert und gewickelt. Sie würde sie *Mariechen* nennen. „Das ist jetzt Mariechens Bett", sagte sie darum bestimmt und du...", sie warf *Jule* zurück in die Kiste,: „...du kannst hier liegen."

Nun zählte sie noch eifriger die Tage bis zum Weihnachtsfest.

Es geschah vier Tage vor Heiligabend: Im Kindergarten hatten sie ein Krippenspiel einstudiert, und alle Kinder standen nun auf der Bühne, um es den Eltern vorzuführen. Nele war einer der Hirten. Sie lief mit einem Stoffschäfchen auf dem Arm ganz vorne an der Bühnenkante zur Krippe hin. Dort sollte sie sich hinstellen und das Christkind bewundern. Leider achtete sie nicht auf die Kante sondern winkte Mama und Papa zu - und fiel herunter. Die Bühne war nicht hoch, aber mit dem Schäfchen im Arm konnte sie sich nicht gut abfangen und so verknickte sie sich den Fuß und stieß sich auch das Knie und den Ellenbogen ganz doll. Das tat so weh, dass sie gar nicht weiter mitspielen konnte. Mama und Papa brachten sie gleich zum Kinderarzt. Der Doktor wickelte ihr einen dicken Verband mit Salbe um Fuß, Knie und Ellenbogen: „Wenn du zum Weihnachtsfest wieder herumlaufen willst, dann musst du jetzt ganz brav im Bett oder auf der Couch liegen und deinen Fuß schonen", ermahnte er sie dazu.

Als Bommel und Teddy Nele mit den Verbänden sahen, kam ihnen eine Idee: In der nächsten Nacht holten sie Neles Arztkoffer und machten Jule auch einen

Verband. Dann legten sie sie wieder in das Puppenbett. „Wenn Neles Bein von dem Verband wieder heil werden kann, hilft das vielleicht auch bei Jule" dachten sie. Außerdem konnten sie sich nicht vorstellen, dass Nele ihre kranke Puppe wirklich wegwerfen wollte, sie war doch immer so eine liebe Puppenmutti gewesen. Als Nele am Morgen aufwachte, staunte sie nicht schlecht: Da lag *Julepuppe* mit beinahe so einem Verband wie sie im Puppenbett.

„Hast du *Jule* auch zum Doktor gebracht?" fragte sie ihre Mama.

„*Jule*..., zum Doktor...? Nein, für Puppenbeine hat der keine Zeit. Puppen muss man zum Puppendoktor bringen und das kostet sehr viel Geld. Warte noch drei Tage, vielleicht liegt ja am Heiligen Abend eine neue Puppe unterm Baum, wie gestern das Jesuskind in der Krippe. Dann kann die *Jule* mit ihrem kaputten Bein weg", sagte Mama „In deinem Zimmer gibt es viel zu viel Spielzeug, da muss nicht auch noch etwas herumliegen, das kaputt ist!"

„Wegwerfen – meine *Jule* – weil sie ein kaputtes Bein hat?" Lisa bekam vor Schreck ganz rote Flecken im Gesicht und ganz leise und traurig sagte sie: „Ich habe doch auch ein kaputtes Bein. Hast du mich nun auch nicht mehr lieb?" Eine Träne kullerte aus ihrem Auge. Erschrocken sah Mama ihr kleines Mädchen an. Ganz schnell ging sie zum Puppenbett und holte *Jule* heraus. „Natürlich haben wir dich ganz doll lieb und wenn du die *Jule* auch so doll lieb hast, dann bringen wir sie gleich zum Puppendoktor, wenn du wieder laufen kannst."

Lisa nickte begeistert. „Und zu Weihnachten bekommt sie dann vielleicht eine Schwester! –Ich möchte auch mal eine Schwester haben? Bitte sag ja!"

Mama lächelte. „Da hat Papa auch noch ein Wörtchen mitzureden, aber wir werden das mal überlegen. Erst einmal bringen wir *Jule* in die Puppenklinik. Einverstanden?"

Teddy und Bommel saßen im Regal und freuten sich, denn *Jule* sah auch schon wieder richtig fröhlich aus. Das kaputte Bein störte sie gar nicht mehr so doll. Lisa hatte sie lieb und das war die Hauptsache!

Kasimir und der nächtliche Gast

Jedes Kind weiß ja, dass in den Nächten zwischen dem ersten Advent und Weihnachten die Puppen und Stofftiere lebendig werden und allen, die Augen und Beine haben, oder sich sonst irgendwie bewegen können, ist es in diesen Nächten möglich, herumzugehen und sich miteinander zu unterhalten. Sie können – aber sie müssen das nicht. Mancher rührt sich nie von seinem Platz – warum auch?
„Also ich – ich hätte meinen Platz niemals verlassen wenn nicht... Aber ich will der Reihe nach erzählen: Ich weiß gar nicht, seit wie vielen Jahren ich von meinem Platz auf dem kleinen Mauereckchen an der Wendeltreppe schon beobachte, was in meiner Familie geschieht. Es ist ein hervorragender Aussichtsposten und ich bin sehr zufrieden, auf ihm zu stehen. Es gibt gar keinen Grund für mich, in der Nacht durch das Haus zu geistern um etwas zu erleben – mir reicht das, was ich am Tage zu sehen und zu hören bekomme. Dazu wüsste ich auch gar nicht, wie ich das ohne

Unfall schaffen könnte. Ich bin ja nicht Spidermann – den habe ich von meinem Platz nämlich mal in Fernsehen gesehen. Toll wie der die Wände hoch und runter klettert. Kann ich aber nicht!

Mit zusammengebissenen Zähnen sehe ich auf alle Familienmitglieder und Besucher herab, höre was sie freut und ärgert und habe in den Nächten dann etwas zum Nachdenken. So wird es mir nie langweilig, selbst wenn ich tagaus, tagein, stocksteif herumstehe und nur ab und zu mit dem Staubwedel zusammentreffe, der mich von Spinnenfäden und Staub befreit.

Darüber bin ich sehr froh – ich sehe gerne ordentlich und blitzblank aus in meiner schneidigen Uniform. Spinnweben in Haaren und Bart oder eine dicke Staubschicht auf meinem hohen Husarenhelm – meinem *Tschakko* - sind mir besonders widerwärtig.

Ab und zu – ganz selten allerdings – bin ich im Dienst - zumeist in der Adventszeit. Dann holen mich die Kinder von meinem Podest und versuchen, mit mir Nüsse zu knacken. (Du hast doch schon gemerkt, dass ich ein Nussknacker bin – oder?)

Solche Momente sind natürlich eine ganz besondere Freude für mich. Es ist ein wundervolles Gefühl, wenn eine Hand den Kieferhebel an meinem Rücken hebt, ihn vielleicht erst ein paar Mal auf und ab bewegt, damit er wieder gelenkig wird und mir dann eine Nuss in meinen weit geöffneten Mund steckt, kräftig den Hebel nach unten drückt und ich die Nuss zerbeißen kann. Wenn man mich mit guten Nüssen füttert, knacke ich sie ganz leicht und spucke Schalen und Nüsse ordentlich aus. Steckt man mir aber zu harte Nüsse zwischen meine Kiefer, tut mit das sehr weh. Das will ich nicht, denn irgendwann würde mein Hebel das nicht mehr aushalten und ich wäre kaputt. Nein, so bitte nicht mit mir. Damit die Kinder das bald kapieren, tue ich ganz einfach Folgendes: Ich spucke die Schalen und Nusskrümel im hohen Bogen durch das ganze Wohnzimmer. Dann sagt sofort irgendein Erwachsener: „ Stellt den Nussknacker wieder weg, der macht zuviel Schweinerei!".

Wenn ich so etwas höre, bin ich gleichzeitig sauer und erleichtert. Na, klar, sauer, weil nicht ich die für Schweinerei verantwortlich bin, sondern die Kinder, die mich mit falschen Nüssen füttern und froh, weil ich bald wieder meine Ruhe habe...

Soviel also zu mir. Kommen wir nun zu der Nacht, die ich so schnell nicht vergessen werde:

Es kann so kurz nach Mitternacht gewesen sein, meine Leute lagen schon im tiefen Schlaf, da spürte ich, dass sich die Haustür leise öffnete – ein kalter Luftzug wehte mir um nämlich um den Bart. „Nanu", dachte ich „wo kommt der her?" Dann hörte ich auch schon das leise Knarren der ersten Treppenstufe. Von unten schlich sich eine dunkle Gestalt die Treppe herauf - vorsichtig Stufe um Stufe.

„Wer mitten in der Nacht von unten nach oben schleicht, ist ein Einbrecher", dachte ich mir sofort. Im

Fernsehen sah ich manchmal solche Gestalten und wusste, dass die nichts Gutes im Schilde führen.

Ich bin ja nicht nur Nussknacker – wie jeder an meiner Uniform erkennen kann, bin ich auch ein stolzer Husar – ein Reitersoldat. Husaren sind mutige Kämpfer und verwegene Reiter. Zugegeben, mit dem Reiten hat es bei mir nie besonders gut geklappt, aber mit der Verteidigung könnte es vielleicht klappen!

Ein guter Verteidiger legt sich rechtzeitig eine Strategie zurecht. Viel Zeit blieb mir dazu nicht. Der Eindringling kam ohne zu Zögern flink um die Biegung und war bald auf meiner Höhe.

Da warf ich mich ihm mit aller Kraft entgegen, verfehlte ihn um Haaresbreite und polterte die Treppe hinab. Das tat mir ziemlich weh und hinterließ eine hässliche Delle an meiner Nase und machte außerdem einen Heidenlärm. Und das war ja auch schon etwas!

Der Eindringling blieb stehen. Vergeblich hoffte er, dass alle weiterschlafen würden. Die Türen vom Elternschlafzimmer und dem Kinderzimmer aber öffneten sich, das Licht ging an und beleuchtete einen sehr verlegenen Mann im roten Umhang und mit einer hohen rot - goldenen Mütze. Diese Mütze sah meinem schwarzen Tschacko nicht unähnlich – jetzt weiß ich, dass das Ding eine Mitra sein sollte, so nennt man einen Bischofshut.

Meine Familie war nicht weniger verblüfft. Noch nie hatten sie den Nikolaus bei der Arbeit erwischt, denn das es sich um den handelte, war auf jeden Fall den Kindern sofort klar. Ich muss dazu sagen, dass es wirklich die Nacht zum 6. Dezember war. Hatten sie eben noch ängstlich ausgesehen, erhob sich nun ein freudig- aufgeregtes Geschrei:

„Der Nikolaus – Mama, Papa - da ist der Nikolaus". Die kleine Emmy flüchtete sich dennoch sicherheitshalber auf Mamas Arm.

„Dich gibt`s wirklich?", staunte Ben, ihr großer Bruder, der sich noch immer die Augen rieb, weil ihm das helle Licht in seinen verschlafenen Augen wehtat.

„Äh... ja... was hast du denn gedacht...?", stotterte der Nikolaus.

Papa allerdings sah ihn schief an: „Du bist der Nikolaus, ja? Der echte Nikolaus? – Du willst uns etwas bringen und nicht etwa etwas nehmen?" Er sah den Eindringling streng an. In der Zeitung hatte er mal von raffinierten Einbrechern gelesen, die sich als Nikoläuse verkleidet hatten.

„Soll ich die Polizei rufen?", schaltete Mama sich nun ein und ging schon mal vorsichtig in Richtung Telefon.

„Ach nein, bitte nicht – das .... also, das ist nämlich so: Ich bin nicht ganz der echte Nikolaus – nur der..., also der halbechte – sein Stellvertreter sozusagen...", stotterte der Mann.

Papa schob seine Kinder hinter sich, Mama blieb stehen.

„Der halbechte? Was soll der Quatsch?", donnerte Papa.

„Na, eben ein Stellvertreter – ich kann es beweisen: Er griff in seinen Sack und holte vier gefüllte Stiefelchen aus Plastik hervor. „Hier - ein Dieb bringt doch keine Nikolausgeschenke mit – oder?"

Papa wurde unsicher und Ben fielen inzwischen vor Staunen fast die Augen aus dem Kopf. Sicherheitshalber ließ er sich seinen Stiefel gleich geben.

„Und wie kamen sie in unser Haus?" Mama hatte immer Angst vor Einbrechern. Jetzt wollte sie wissen, ob sie vergessen hatten, eine Tür oder ein Fenster zu verschließen.

„Ach, das ist ein Nikolausgeheimnis...", wollte der sich rausreden, aber da kam ihm Ben zu Hilfe: „Ich glaube, Opa hat ihm den Hausschlüssel gegeben –stimmt `s?"
„Und warum sollte Opa das tun?", Papa blieb skeptisch.
„Weil ich gesagt habe, es gibt bestimmt keinen Nikolaus, denn ich habe ihn noch nie gesehen. Da hat er so geheimnisvoll geguckt... und gesagt *Du wirst dich wundern mein Kleiner...*Darum hat er vielleicht..." vermutete der Junge.
„... zuzutrauen wäre es ihm... Aber hätte er dann..." Papa überlegte. Der Nikolaus aber nickte die ganze Zeit begeistert mit dem Kopf, ließ Papa nicht zu Wort kommen, sondern sagte erleichtert: „So war es, genau so. Du bist ein sehr kluger Junge."
Während er dies sagte, stieg er schon vorsichtig rückwärts die Treppe hinab und dann – so schnell konnte niemand gucken - sprang er die letzten Stufen hinunter und wollte entwischen – aber da lag ich! Nach meinem Sturz war ich am Fuße der Treppe benommen liegen geblieben. Zwar kann ich mich in den Nächten vor Weihnachten bewegen wenn ich will, aber nur im Dunklen, wenn alle schlafen. Hier schlief gerade keiner

mehr und ich musste unbeweglich liegen bleiben. Das war Pech für den Nikolaus, schmerzhaft für mich und Glück für meine Familie.

Der Nikolaus sprang nämlich bei seinem Fluchtversuch auf mich rauf, knickte um und brach sich den Knöchel. Das schnelle Weglaufen konnte er danach vergessen. Mit schmerzverzerrtem Gesicht lag er nun ebenfalls am Fuß der Treppe rum und stöhnte laut: "Auaauaaua, Hilfe!"

„Polizei oder Krankenwagen? Wen soll ich zuerst anrufen?" fragte Mama.

„Erst mal den Krankenwagen bitte", bat der Nikolaus, sein Fuß tat höllisch weh.

„Und ich frage Opa – mal sehen ob er wirklich etwas mit der Sache zu tun hat", entschied Papa. „Wenn nicht, kannst du die Polizei immer noch anrufen – der läuft uns nicht mehr weg".

Opa wusste von nichts. Auf so eine Schnapsidee, jemandem den Schlüssel einer Wohnung für einen nächtlichen Besuch zu geben, wäre er nie gekommen, beteuerte er. „Das ist ein ganz gemeiner Einbruch mit dem Nikolaustrick", erklärte er seinem Sohn – „ruf die Polizei."

Das tat Papa dann auch.

Nachdem der Krankenwagen mit dem Nikolaus-Einbrecher und die Polizisten mit dem Funkwagen wieder weg waren und Kinder und Eltern eine heiße Milch getrunken hatten, damit sie wieder einschlafen konnten, gingen alle die Treppe hinauf ins Bett. Zuvor aber stellte Mama mich wieder zurück auf meinen Platz. Ich war sehr zufrieden mit mir – noch mehr hätte es mich allerdings gefreut, wenn irgendwer von der Familie mal gesagt hätte: „Danke Nussknacker, dass du den Einbrecher gestellt hat. Du bist wirklich ein mutiger Soldat..."

Am nächsten Tag allerdings sagte Mama dann zu ihrer Freundin am Telefon: „Zum Glück fiel der Nussknacker um, das hat uns gerettet."

Na also, sie haben es doch gemerkt! Ich kann mehr als Nüsse knacken!

Als Eric nicht mehr an den Weihnachtsmann glaubte.

Erik wünschte sich in diesem Jahr nur Sachen von Star Wars. Figuren, Raumstationen, Waffen und DVDs nicht alles, aber wenigstens einiges davon – eine Auswahl sollten seine Eltern treffen. Fast alle Jungen in seiner Klasse schienen alles zu besitzen - nur er nicht! Das sollte sich ändern. Er wollte auch mit einem Teil protzen können, mitreden und mitspielen.

Wie alle in seiner Klasse, war er längst über das „Weihnachtsmann-Alter" hinaus, nur seine Eltern wollten das nicht wahrhaben, die Großeltern schon gar nicht.

„Schreib doch mal deinen Wunschzettel für den Weihnachtsmann", hatte seine Oma angeregt, als er mit ihr über seine Wünsche sprechen wollte. "Ich bin für die Geschenke nicht zuständig".

„Mensch Oma, ich bin doch schon zu alt für solche Babygeschichten – Weihnachtsmänner sind was für Kleinkinder...", hatte er gesagt und die Mama, die dabeisaß, hilfesuchend angesehen. Doch die hielt sich raus.

„Ja wenn du für den Weihnachtsmann zu groß bist, dann weiß ich nicht, wer dir am heiligen Abend Geschenke bringen wird. Soviel ich weiß, gibt es nur einen Weihnachtsmann für alle Leute. Ich habe meinen Wunschzettel schon geschrieben und auf den Küchentisch gelegt", behauptete Oma und sah ihn so an, wie ihren kleinen Hund, wenn er was ganz Böses getan hatte – so wie: Du du, Frauchen ist ganz böse auf ihren kleinen Liebling!...

Erik kam sich verkohlt vor. Wunschzettel - na gut – dagegen hatte er ja nichts und von ihm aus legte er ihn auch auf den Küchentisch, aber sollte doch bitte keiner von ihm verlangen, nun zu glauben, dass der Weihnachtsmann, oder seine putzigen kleinen Engelchen, ihn von dort weg holen würden.

Der Wunschzettel landete also eines Abends auf dem Küchentisch:

<u>Wunschzettel von Eric</u>

von Lego, Star wars -

irgendwas, Figuren und Fighter, Raumstation

Filme von Lego Star Wars

 ein Laserschwert oder eine Laserkanone

„So", dachte er, „ sieht so etwa ein Wunschzettel aus von einem Kind, das an den Weihnachtsmann glaubt?"

Am nächsten Morgen war das Papier verschwunden und alle Erwachsenen behaupteten steif und fest: "Ich habe hier keinen Wunschzettel weg genommen."
Die Adventszeit verging irgendwie besonders langsam in diesem Jahr.
Wann immer Eric mit seinen Eltern oder den Großeltern über seine Wünsche sprechen wollte, sagten die nur: „Das ist Sache des Weihnachtsmanns. Damit haben wir nichts zu tun."
Das machte ihn ärgerlich. Je näher Weihnachten rückte, desto kribbeliger wurde er.
„Papa, nun sag doch mal ehrlich, habt ihr meinen Wunschzettel gesehen? Ich wünsche mir unbedingt etwas von Star Wars, auf jeden Fall einen Fighter und Figuren und mindestens eine oder zwei Folgen vom Film. Und zum Fasching gehen alle aus meiner Klasse als Star Wars Krieger. Da braucht man ein Laserschwert...
Papa kratzte sich am Kopf und sah seinen Sohn nachdenklich an: „Tja, was soll ich sagen? Für die Weih-

nachtsgeschenke bin ich gar nicht zuständig. Frag mal Mama, die kümmert sich doch auch immer um die Geburtstagsgeschenke. Vielleicht kann die was wissen..."
Aber Mama lächelte nur geheimnisvoll und zeigte auf seinen Adventskalender: „In fünf Tagen wirst du mehr wissen", tröstete sie ihren Sohn.
Der Weihnachtabend war da. Auf dem Weg von der Kirche nach Hause liefen ihnen drei Weihnachtsmänner über den Weg.
„Habt ihr das gesehen?", Eric triumphierte, „d r e i und ihr sagt es gibt nur e i n e n!"
Oma grinste. „Dass es nur einen echten Weihnachtsmann gibt, steht außer Frage", behauptete sie weiterhin fest, „dass sich Nachahmer finden, dafür können weder der Weihnachtsmann noch ich etwas!"
„Ach, und wer hat dann wohl meinen Wunschzettel an sich genommen?" Eric wollte ja kein Spielverderber sein. Sollten die Großen ihn doch für doof halten, Hauptsache, er bekam so einen Fighter, wie ihn Julius hatte oder vielleicht sogar die Star Wars Senate Commando Troopers. Was das genau auf Deutsch hieß, wusste er nicht, aber das waren die Figuren und

die Kanone, die Julius auch hatte. Aber eine andere wäre auch toll!

„Wart `s ab". Oma und Mama warfen sich verschwörerische Blicke zu, Opa und Papa gingen voraus und hatten die Frage wohl nicht gehört.

Endlich ging die Tür auf. Obwohl er den Baum zusammen mit Papa geschmückt hatte, sah er nun im Licht der Kerzen ganz anders aus, irgendwie prächtiger und feierlicher.

Doch Eric achtete kaum auf diese wundervolle Verwandlung, sein Blick ging sofort zum Berg der Geschenke, die darunter aufgebaut waren. Hatte eines die Form des Paketes, in dem die Raumstation sein konnte, oder war es lang genug, um ein Laserschwert zu verstecken?

So sehr er auch suchte, er konnte nichts in dieser Form entdecken. Enttäuscht und fragend sah er seine Eltern an.

Die schauten lächeln zurück und sahen dann bedeutungsvoll zum Gabentisch – genau dorthin, wo ein großes Briefcouvert lag.

Als er fragend zurücksah, nickten sie ihm ermunternd zu. Eric holte das Couvert und öffnete es. Ein Brief lag darin:

Lieber Eric

Du hast gesagt: Das mit dem Weihnachtsmann sei ein Schwindel! Damit hast du ein wenig Recht und auch ein wenig Unrecht. Die Sache verhält sich nämlich so: Wir fangen mal ganz am Anfang an. Bedenke einmal was wir heute feiern – Richtig! Die Geburt Jesu. An diesem Tag brachten Engel den Hirten die frohe Botschaft, dass Gott den Menschen ein großes Geschenk gemacht hat – Jesus. Zwar erst ein kleines, armes Baby, aber sie sollten schon gleich mal sehen und hören und fühlen können, dass Gott alle Menschen lieb hat. Jesus wird sich später besonders um die Armen und die Kranken und die Schwachen, auch um die Kinder kümmern, denn sie haben es besonders nötig, immer wieder zu erfahren, dass Gott sie lieb hat. Gott kann man nicht sehen und fragen, aber Jesus konnten sie fragen und anfassen, seine Hilfe konnten sie sofort spüren. So wurde Gott für alle Menschen viel vertrauter.

Doch Jesus sagte den Menschen auch immer: Alles was ich euch tue, das tut eigentlich Gott durch mich. Er hilft euch, auch wenn ihr ihn nicht seht. Glaubt nur an ihn.

Und damit sind wir bei mir – auch ich bin nur ein Stellvertreter und zwar der vom Nikolaus. Du kennst ihn ja schon und weißt, dass der auch nur Stellvertreter von Jesus sein wollte, wenn er den Menschen heimlich half.

So wurde im Laufe der Jahrhunderte die Reihe der Stellvertreter vom Stellvertreter immer länger und länger. Jetzt sind deine Eltern und Großeltern und alle, die dich lieb haben, zu meinen Stellvertretern geworden und damit die vom Nikolaus, von Jesus, von den Engeln, von Gott.

Stellvertretend erfüllen sie dir deine Bitten und Wünsche, machen dir Freude und zeigen dir so, dass sie dich lieb haben.

Ich, der Weihnachtsmann, bin nur ein Symbol, ein Ersatz für den unsichtbaren Helfer im Himmel.

Du bist nun alt genug das zu verstehen. Doch bedenke, wenn deine Familie dir die Wünsche zum Fest erfüllen soll, dass auch Gott nicht alles tut, was wir wollen. Gott hilft uns manchmal ganz anders, weil er besser weiß, was für uns gut ist. So geht es deinen Eltern auch.

Ich wünsche dir nun für heute und all die vielen Weihnachtsabende, die du noch erleben wirst, dass du dich immer ganz doll geliebt fühlst und freuen kannst.

Der Weihnachtsmann

Eric sah erstaunt auf. Seine Mutter nahm ihn bei der Hand und sagte: Darüber kannst du nachher noch nachdenken. Jetzt wollen wir mal sehen, welche Wünsche wir dir erfüllen konnten.

Mit diesen Worten zog sie ihn zu einen Stapel Päckchen, dass hinter dem Baum für ihn bereit lag. Auf dem obersten Päckchen stand:

FÜR ERIC von OPA und darin waren genau die Figuren, die er sich gewünscht hatte.

Von Mama und Papa bekam er einen *Starfighter* und eine DVD von Star Wars und noch ganz viele Dinge, die er gar nicht auf dem Wunschzettel geschrieben hatte z. B. ein Skateboard.

Ein Laserschwert bekam er nicht.

Oma Krügers Tanne

Jonas und die Zwillinge Jakob und Jule saßen im Zimmer und langweilten sich. Es war der Tag vor dem Weihnachtsabend. Weil im Wohnzimmer der Baum geschmückt wurde und bestimmt auch schon die Geschenke herum lagen, durften sie nicht vor dem Abend ins Wohnzimmer. Leider stand nur dort ein Fernsehapparat. Auch aus der Küche hatte man sie verbannt. „Steht uns nicht im Weg rum", Mama war heute sehr nervös .„Wir haben noch so viel zu tun, damit alles rechtzeitig fertig ist", stöhnte sie. Während Mama und Oma kochten, werkelten Papa und Opa im Weihnachtszimmer und dem Keller sehr geheimnisvoll. Keiner hatte für sie Zeit.
Jonas sah zum x-ten Mal auf die Uhr. Er ging in die dritte Klasse und kannte die Uhr schon besser, als seine zwei Jahre jüngeren Geschwister, die erst im Sommer in die Schule gekommen waren. „Ich frage mich, warum der Tag vor dem Weihnachtsabend immer so langsam vergeht, sogar noch viel langsamer, als manche Schultage. Wir sitzen doch schon ewig hier rum und es ist noch nicht mal Mittag!"

„Und ich frage mich die ganze Zeit, was wir machen dürfen, ohne dass wir Mama stören und etwas schmutzig oder unordentlich machen", äffte Jakob schlecht gelaunt seinen großen Bruder nach. Vorhin hatte Mama sie vom Flur verscheucht, als sie dort kegeln wollten. „Spielt heute mal in euren Zimmern", hatte sie gesagt, „sonst fällt am Ende noch jemand über die Kegel oder den Ball".

Julia guckte aus dem Fenster. Draußen sah es gar nicht weihnachtlich aus. Statt hübscher weißer Schneeflocken, fiel vom grau bewölkten Himmel nur ein ungemütlicher Nieselregen.

Sie wollte sich schon wieder abwenden, da entdeckte sie etwas Erstaunliches. Ihre Brüder nachmachend sagte sie: „Und ich frage mich, warum ich die Tanne, die immer vorne am Zaun von Oma Krüger stand, nicht mehr sehe. Gestern Mittag war sie noch da."

Jonas musste lachen: „Jetzt haben wir uns alle drei eine Frage gestellt. Sind wir etwas die drei ???"

„Nee, im Ernst!" Jule sah ihre Brüder ratlos an: „Gestern stand sie noch da und über Nacht ist sie verschwunden. Seht doch selbst."

Ohne ans Fenster zu gehen sagte Jakob: „Tannen werden manchmal Weihnachtsbäume. Vielleicht wollte Oma Krüger keinen kaufen."

„...und hat ganz alleine abends ihre große Tanne gefällt und in ihr Wohnzimmer geschleppt? Das denkst du? Glaube ich nicht", sagte Jonas entschieden.

Auch Jule hielt nichts von der Weihnachtsbaumidee, tippte sich an die Stirn und entschied: „So krumm wie der Baum war, würde ihn niemand als Weihnachtsbaum haben wollen und überhaupt – für ein Zimmer war die Tanne schon viel zu groß!"

„Warum gehst du nicht einfach zu Oma Krüger und fragst sie, was passiert ist", entgegnete ihr Bruder eingeschnappt.

„Tu ich auch!", schnappte Jule zurück.

„Warte mal, wir können sie alle drei ja mal fragen gehen – ich meine..., ermitteln was da los war... ‚so als drei ???". Jonas war plötzlich richtig munter.

Die Idee gefiel auch Jakob. Sofort zogen alle drei Schuhe und Jacken an, Jule öffnete noch kurz die Küchentür und verkündete: „Wir gehen ein bisschen raus". Bevor ihre Mutter noch etwas sagen konnte, klappte auch schon die Haustür.

Eilig flitzten alle drei zu Oma Krügers Gartenzaun. Oma Krüger war genaugenommen keine Oma und schon gar nicht die von Jonas, Jakob und Jule. Sie hatte weder Kinder noch Enkel und ihr Mann war schon lange tot. Aber seit Jonas, Jakob und Jule mit ihren Eltern in diesem Haus wohnten, hatte die alte Dame die Kinder mit kleinen Süßigkeiten und Obst aus ihrem Garten verwöhnt und auf sie aufgepasst, wenn Mama und Papa mal weg mussten - eben getan, was Omas auch so tun. Besonders Jule ging oft und gern rüber zu Oma Krüger, saß in ihrer Küche und sah ihr zu, wenn sie Marmelade kochte, Obst einweckte oder Kuchen backte und ließ sich Geschichten von früher erzählen.

Weil Oma Krüger keine eigene Familie mehr hatte und gar nicht alleine aufessen konnte, was in ihrem Garten alles wuchs, verschenkte sie ganz viel an ihre Nachbarn und verkaufte die Marmeladen und das eingeweckte Obst zum Weihnachtsbasar. Den Heiligen Abend verbrachte sie immer in der Kaffeestube der Kirchengemeinde. Dort trafen sich lauter Leute, die sonst alleine Weihnachten feiern müssten. Wozu also hätte Oma Krüger einen Weihnachtsbaum haben sollen?

Am Gartenzaun angekommen, entdeckten die Kinder auch wirklich nur noch einen Stubben, wo einst die krumme Tanne gestanden hatte.

„Sauber abgesägt", bemerkte Jakob.

„Stimmt, ordentlich gefällt und abtransportiert – schätze, da waren Profis am Werk", nickte Jonas. „Schaut euch nur mal an, wie dick der Stamm war. Den hat Oma Krüger niemals tragen können. Ich sage euch, hier waren Baumdiebe am Werk". Jonas klang so cool, wie ein Kriminalkommissar im Fernsehen. „Lasst uns mal nach Spuren suchen!"

Während ihre Brüder die Gegend vor dem Gartenzaun nach verräterischen Tannennadeln oder Schleifspuren absuchten, betrat Julia den Garten und klingelte an der Haustür. Niemand öffnete. Auch als Jule noch einmal ganz lange den Klingelknopf drückte, weil Oma Krüger schon ziemlich schwerhörig war, blieb die Tür verschlossen. Sie war typisch nicht zu Hause.

„Bestimmt ist sie bei der Polizei, um den Tannendiebstahl zu melden", vermutete Jule.

„Hier! Kommt mal her! Ich habe eine Spur!", rief Jakob und zeigte zwei Grundstücke weiter auf ein paar kleine abgerissene Zweiglein und Zapfen.

Jonas nahm eines der Zweiglein auf: „Könnte von der Tanne stammen", bestätigte er.

„Weil er auch grün ist? So sehen doch alle Tannenzweige aus. Heute haben bestimmt viele Leute hier einen Baum entlang getragen. Woran willst du das denn erkennen", fragte Jule.

„Na, es ist dieselbe Tannensorte, die in Oma Krügers Garten stand. Es gibt nämlich verschiedene", belehrte er seine Geschwister. „Es gibt Tannen und Fichten und..."

„Und warum liegen die Zweige hier und nicht vor Oma Krügers Grundstück", gab Jakob zu bedenken.

„Vielleicht weil da kein Parkplatz war für das Auto der Diebe", vermutete Jonas.

„Und was machen wir nun?" Jakob sah seinen Bruder fragend an.

„Ich gehe wieder ins Haus, mir ist kalt", entschied Jule. „Wenn Oma Krüger gerade die Polizei verständigt, gibt es für uns nichts mehr zu tun." Sie drehte sich um und ging nach Hause. Die Brüder folgten ihr.

Inzwischen war es endlich Mittagszeit und danach durften sie auf Papas Laptop *Mickey Mouse feiert Weihnachten* sehen. Dann wurde es endlich Zeit sich umzuziehen und in die Kirche zu gehen.

Wie immer zum Weihnachtsfest gab es ein großes Gedränge vor und in der Kirche. Nur mit viel Glück bekamen sie ziemlich weit hinten noch Sitzplätze. Papa und Opa musste allerdings Jule und Jakob auf den Schoß nehmen. Das war ein Glück, denn sonst hätten sie später nichts vom Krippenspiel gesehen.

Kaum saßen sie, begann auch schon die Orgel zu spielen. Jule sah sich in der festlich geschmückten Kirche um. Beinahe wäre sie vor Schreck von Papas Schoß gerutscht: Neben dem Altar entdeckte sie einen schrecklich schiefen Weihnachtsbaum – Oma Krügers Tanne!

Auch ihre Brüder und die Eltern hatten den Baum trotz der vielen Sterne und Engel an den Zweigen sofort erkannt und sich vergnügt angeguckt.

Zwar wunderten sich einige Leute, dass es diesmal so einen krummen Baum gab, aber die meisten fanden ihn trotzdem schön.

Als Oma Krüger am ersten Weihnachtstag zu ihnen zum Kaffeetrinken kam, erzählte sie:
„Ihr habt sicher meine Tanne in der Kirche erkannt?"
Alle nickten.
„Dass sie dort steht, das kam so: Als ich am Tag vor Weihnachten ins Kirchenbüro kam, um meinen Kuchen für die Kaffeetafel abzugeben, hörte ich den Pfarrer sagen, dass der neue Hausmeister keinen Weihnachtsbaum bestellt hatte.
„Was sollen wir nun tun?", fragte er „die Bäume vom Weihnachtsbaumhändler am Markt sind doch viel zu klein für unsere große Kirche. Woher sollen wir heute noch einen großen Baum bekommen?"
„Sie können die Tanne aus meinem Garten absägen, die ist groß genug, aber leider auch ziemlich schief", sagte ich sofort, „ich will sie nämlich schon lange loswerden, nur kann ich sie nicht alleine fällen."
Der Pfarrer war sofort einverstanden. *„Ach liebe Frau Krüger"*, sagte er zu mir, *„der liebe Gott hat auch die krummen Tannen wachsen lassen. Da kann er nichts dagegen haben, wenn zum Fest morgen eine davon neben dem Altar steht. Wenn es recht ist, schicke ich*

so schnell wie möglich zwei kräftige junge Männer mit einer Säge und einem großen Anhänger zu ihnen".
"...und die kamen, als es schon fast dunkel war", Oma Krüger strahlte. "War das nicht ein Glück? Im Frühling wird der Stubben ausgegraben und dann habe ich vorne am Gartenzaun Platz für ganz viele Blumen."
Auch wenn sie zu gerne mal ein Verbrechen aufgeklärt hätten, so wie die ???, waren Jonas, Jakob und Jule doch froh, dass es keinen Kriminalfall *"Tannendiebstahl"* gegeben hatte. Ein Diebstahl passt nämlich nicht zu Weihnachtsfest, fanden sie.

Tippi und der Engel Gabriel

Tippi, der kleine Weihnachtsengel, saß schmollend im Weihnachtshimmel. Seit Tagen schleppte er Wunschzettel und belauschte die Kinder in ihren Kinderzimmern, um deren Wünsche zum Weihnachtsfest zu erfahren. Er wünschte manchmal, Weihnachten wäre schon vorbei.

„Was ist denn mit dir los?", fragte ihn der Engel Gabriel, als er den kleinen Engel so schlecht gelaunt herumsitzen sah.

„Ich schaffe es nicht, alle Kinder zu besuchen, mir alle Wünsche zu merken und...", er sah zornig zu dem großen Engel auf, „... und außerdem..., warum müssen denn alle Wünsche ausgerechnet zu Weihnachten erfüllt werden? Im Sommer freuen sich die Kinder doch auch über Geschenke". Plötzlich stampfte er sogar mit seinem kleinen Fuß auf und sagte entschieden: „Und manche Kinder verdienen es gar nicht, so reich beschenkt zu werden!"

Gabriel sah erstaunt auf den Engel herab, der immer zorniger wurde. „Aber Tippi, mit Verdienen haben Weihnachtsgeschenke doch gar nicht zu tun!"

„Ach nein? Und warum fragt der Weihnachtsmann dann immer die Kinder, ob sie auch schön brav waren?", fragte der Kleine

„Ja, ich kenne diese Frage", erklärte der große Engel, „... aber damit ist gemeint, ob sie auch nicht wirklich **absichtlich** böse waren, verstehst du. Absichtlich stänkern oder etwas tun, von dem man weiß, dass es verboten ist, das ist nämlich wirklich schlimm. Gott möchte, dass es allen Menschen gut geht und darum sollen sie sich nicht gegenseitig weh tun, traurig machen oder Schaden zufügen..."

„Na siehst du, aber gerade das macht Tommy alle Tage. Er ärgert seine kleine Schwester, versteckt ihre Puppe und seinem Bruder hat er vorhin *nur aus Spaß* an den Haaren gezogen, wie er sagt. Und der soll ausgerechnet ein ferngesteuertes Auto bekommen?" empörte sich Tippi.

„Aber er tut doch ganz bestimmt auch nette Sachen – oder?"

„Ja, schon... Manchmal kann er richtig nett sein. Neulich hat er mit seinen Geschwistern ganz lieb seine Smarties geteilt und gestern half er seinem kleinen Bruder Lukas beim Anziehen".

„Na siehst du, kein Kind ist nur böse. Trotzdem gibt es die Geschenke nicht, weil sie verdient wurden, sondern weil der Schenker eine Freude machen will. Zum Weihnachtsfest ist Gott der Schenker und er will, dass sich alle Menschen freuen, die an die Geburt von Jesus denken."

Der kleine Engel sah schon viel fröhlicher aus. „Erzähl mir bitte noch mal, wie das damals war, als Jesus geboren wurde. Du bist doch dabei gewesen, stimmt`s?"
Gabriel nickte. „Erst habe ich Maria verkündet, dass sie einen Sohn bekommen wird und als es dann so weit war, hat mich Gott auch noch mal eben in der Heiligen Nacht los geschickt zu den Hirten auf den Feldern vor der kleinen Stadt Bethlehem. Sie hatten gerade ihre Schafe zur Nacht zusammen getrieben und sicher in ihrem Verschlag aus Dornengestrüpp untergebracht. Nun wollten sie sich am Feuer selbst zur Nacht lagern, als ich durch ein zartes Klingen und Sirren auf mich aufmerksam machte. Es tat mit ja Leid, dass der helle Schein, den ich ausstrahlte, die Hirten dann so erschreckte, aber sie sollten mich schließlich deutlich sehen. Sie erschraken wirklich mächtig, aber noch bevor sie wegrennen konnten, sprach ich zu ihnen:

Seid ruhig, fürchtet euch nicht. Ich bringe euch eine freudige Nachricht: Heute ist das Kind geboren worden, das eines Tages alle Menschen glücklich machen wird. Es heißt Jesus. Wenn es erwachsen ist, wird es im ganzen Land herumlaufen und zeigen, dass Gott die Menschen lieb hat – und zwar alle – auch euch arme Hirten. Geht hin und seht euch das Kind an – ihr werdet spüren, dass es ein ganz besonderes Kind ist. Sein Anblick wird euch froh und glücklich machen. Als ich diese Botschaft verkündet hatte, machte ich mich wieder unsichtbar."

„Und dann?", fragte Tippi gespannt. Er hörte diese Geschichte immer wieder gerne. Gabriel erzählte nun, was die Hirten gesagt hatten, und Tippi kam es vor, als wäre er nun auch dabei.

„Haben wir das nicht geträumt?", fragten sich die Hirten gegenseitig.

„Nein, bestimmt nicht! Ich habe den Engel wirklich gesehen" sagten zwei andere.

„...und ich habe ganz deutlich gehört, was er gesagt hat", beteuerte der Jüngste.

Ich habe es auch gehört, kann es aber fast nicht glauben", erwiderte ein anderer „ dass Gott alle Menschen lieb hat, egal wie sie aussehen! Auch arme schmutzige Hirten, wie wir und Leute, die nicht immer nur lieb sind!"

„Ja das habe ich auch verstanden. So etwas Nettes hatte noch niemand zu uns gesagt", bestätigte der Älteste von ihnen. „Wir sollten schnell gehen und den Stall und das Kind suchen,"„ich kann sonst gar nicht glauben, was der Engel gesagt hat".

Gabriel sah den kleinen Engel Tippi an: „Wie du weißt, fanden die Hirten ja wirklich das Kind im Stall. Nun endlich konnten sie glauben, dass Gott auch die Menschen liebt, die nicht immer nur gut und schön sind. Damit sich möglichst viele Menschen darüber freuen konnten, ließen die Hirten in dieser Nacht ihre Schafe noch länger alleine, klopften an alle Häuser in der Umgebung und erzählten, was sie gehört und gesehen hatten.

So wurden in dieser ersten Weihnacht Menschen durch das Geschenk der frohen Botschaft glücklich gemacht und seither gibt es zur Erinnerung an diese Nacht immer wieder Geschenke, die Freude machen – ganz unverdient. Und dabei helfen mitunter auch Weihnachtsengel wie du."

Flori, der Feuerschutzengel

Jeder weiß, dass es Schutzengel gibt. Gesehen hat sie noch niemand, dennoch haben sie schon oft geholfen. Ob sie immer Flügel haben? Ich weiß nicht. Schließlich sagen die Leute auch manchmal zu jemandem, der ihnen geholfen hat: du bist ein Engel. Sicherlich gibt es sie beide, die Menschenengel und die unsichtbaren Flügelengel.

So einer war Flori, der Feuerschutzengel. Jetzt im Advent gab es für ihn besonders viel zu tun, denn in den Wohnungen brannten in diesen Wochen ganz oft Kerzen. Besonders gefährlich wurde es, wenn das Weihnachtsfest vor der Tür stand. Dann waren die Adventskränze so trocken, so dass manchmal schon ein Funke genügte und bald brannte das ganze Wohnzimmer.

Flori wunderte sich immer, wie oft die Leute ihre brennenden Kerzen unbeaufsichtigt ließen oder gar vergaßen sie zu löschen, wenn sie aus der Wohnung gingen.

Flori war also in diesen Wochen fast ständig unterwegs. Trotz aller Arbeit liebte er diese Zeit aber auch besonders. Es gab so viel Schönes zusehen: Viele Wohnungen waren hübsch geschmückt und es sah so gemütlich aus, wenn die Eltern mit ihren Kindern am Adventskranz saßen, Weihnachtskekse aßen und Geschichten vorlasen.

Ganz besondere Freude machte es Flori, den Kindern beim Basteln der Weihnachtsgeschenke für Mama und Papa zuzusehen oder ihnen über die Schulter zu gucken, wenn sie bei Kerzenschein ihren Wunschzettel schrieben oder malten.

Gerade dabei gab es neulich eine gefährliche Situationen und der kleine Engel konnte gerade noch ein Unglück verhindern, als Lilly ein ganz großes Bild für die Oma malen wollte. Sie legte das Blatt dabei viel zu dicht an die Kerze kam. Flori flog hin und blies die Kerze schnell aus bevor das Bild Feuer fing.

„Nanu", sagte Lillys großer Bruder Lars, der auch mit am Tisch saß „warum pustest du die Kerze aus?"

„Ich war das nicht", verteidigte Lilly sich.

„Dann hat dein großes Malblatt wohl zuviel Wind beim Hinlegen gemacht", vermutete Lars. „Besser ich mache sie auch nicht wieder an", beschloss er zum Glück, denn Flori hatte ihm eingeflüstert: Papier und ungeschützte Kerzen gehören nicht zusammen auf einen Tisch.

Ein paar Tage später, es war der dritte Advent, erlebte Flori aber eine wirklich brenzlige Situation:

Er flog durch die Straßen, sah in die Fenster und freute sich wieder daran, dass es in vielen Wohnzimmern so gemütlich aussah. Auf vielen Tischen standen die Adventskränze und drei Kerzen verbreiteten ihr gemütliches Licht.

In einer Wohnung sah er außerdem hübsche Transparentbilder. Einen Sternenhimmel und ein Haus mit bunten Fenstern hatten Sina und ihre Schwester Anna gebastelt. Sie leuchten wunderschön, denn hinter ihnen standen Kerzen.

„Au weia", dachte Flori, „schon wieder Papier und Kerzen..., das kann gefährlich werden". Schnell flog er hin und sah nach. Aber alles war gut. Sinas und Annas Mama hatte die Kerzen in große Gläser gestellt. Da konnte so leicht kein Feuer entstehen.

Beruhigt flog er weiter, als er plötzlich ein lautes Geschrei vernahm. Es kam aus der Wohnung von Konrad und Lena. Was war da los?

Der Adventskranz hatte Feuer gefangen.

Die Kinder saßen ganz alleine am Tisch. Es war keine Zeit zu verlieren. Schnell drückte Flori Konrad die Teekanne in die Hand und sagte: „Los, kipp sie über den Adventskranz!"

Und ehe der sich wundern konnte, wer das zu ihm sagte, tat Konrad genau das. Es zischte und das Feuer erlosch!

Gleich nach Flori waren auch Mama und Papa ins Zimmer gekommen und sahen gerade noch wie Konrad den Tee über dem Feuer ausgoss.

„Bravo, das war eine gute Reaktion", lobte Papa, „wie konnte das nur passieren. Wir waren doch nur ganz kurz in der Küche."

„Ich wollte mir nur einen Keks nehmen und bin ganz aus Versehen gegen die Kerze gekommen und sie ist umgefallen", weinte Lena.

„Nur gut, dass Konrad so klug gehandelt hat", sagte Mama erleichtert und begann den Tisch abzuräumen.

Auch Flori war froh, dass alles so gut ausgegangen war. Feuerschutzengel sind in der Adventszeit wirklich wichtig.

Lilly will !

Der Schutzengel Philinchen saß ratlos an Lillys Kopfende. Was war nur mit dem kleinen Mädchen los? Seit einiger Zeit bekam das Kind einen Wutanfall nach dem anderen. Manchmal waren vielleicht ihre Brüder daran schuld, weil sie ihre Puppe ärgerten oder auf ihr schönes Bild gemalt hatten. Manchmal aber war sie auch sehr böse auf Mama, weil die ihr nicht erlaubte, noch länger zu spielen. Neuerdings allerdings geschah es auch beim Einkaufen. Wenn Lilly nicht bekam was sie wollte, schrie sie, stampfte mit den Füßen und ging einfach nicht weiter. Und es war sogar noch schlimmer geworden seit in den Kaufhäusern und Geschäften Berge von leckeren Weihnachtssüßigkeiten lagen und es in den Schaufenstern die herrlichsten Spielsachen zu sehen gab. Wenn mit der Post Spielzeugkataloge kamen, in denen wunderschöne Puppensachen und niedliche Stofftiere abgebildet waren, wollte Lilly alles haben was sie sah – jetzt - gleich - sofort!

Philinchen hatte in der Adventszeit auch die Aufgabe zu hören, was sich die Kinder zum Weihnachtsfest wünschen und es dem Weihnachtsmann zu berichten. Aber was konnte sie dem Weihnachtsmann anderes berichten, als dass Lilly einfach alles haben wollte, was sie sah? Der Engel war sicher, das würde dem Weihnachtsmann gar nicht gefallen und am Ende würde er vielleicht beschließen, dass das Kind gar nichts bekommen solle.

So weit wollte Philinchen es nicht kommen lassen und beschloss, einen großen Weihnachtsengel zu fragen.

Es gab doch bestimmt noch viel mehr Kinder, die immer gleich alles haben wollten.
Als Philinchen dem Engel Gabriel von ihren Sorgen mit Lilly berichtete, fragte er:

„Hat Lilly ein Lieblingsspielzeug?". Der kleine Engel musste nicht lange überlegen: „Ihre Puppe Clara", sagte er , „und sie ist eine sehr gute Puppenmutti."
„Na also, dann ist es doch nicht so schwer, ihr eine Freude zu machen. Als Puppenmutti wünscht sie sich

doch bestimmt einen Puppenwagen?" Gabriel sah Philinchen aufmunternd an.

Der kleine Engel nickte, aber er sah dabei gar nicht froh aus: „Ja, sie wünscht sich den pinken Puppenwagen aus dem Karstadtkatalog – den mit Schirm und..."

„Na siehst du. Den soll sie bekommen. Was war daran so schwer für dich?", wollte der erfahrene Engel wissen

„Sie hat doch schon einen Puppenwagen, nur nicht in rosa und die meisten anderen Dinge, die im Spielzeugkatalog abgebildet sind, hat sie auch schon. Sie besitzt ganz viele Plüschtiere und eine Puppenküche, Einkaufskorb und Wickeltasche, alles für den Kaufmannsladen und ein Puppenhaus, dazu Spiele, viele Bücher, Bastel- und Malsachen und...", der kleine Engel zog ratlos die Schultern hoch, „...und noch viel mehr, was mir gerade nicht einfällt. Das Einzige, was sie nicht hat, ist genug Platz in ihrem Kinderzimmer für die vielen Sachen" ,schloss Philinchen ihren Bericht. Jetzt wirkte auch Gabriel ratlos. „Tja, dann müssen wir mal abwarten, ob sie nicht irgendwann doch noch einen ganz richtigen Wunsch äußert. Warte noch ein

Weilchen und kümmere dich erst mal um die anderen Kinder", riet er dem kleinen Engel.

Ein paar Tage später, es war kurz nach dem zweiten Advent, begegneten sich Philinchen und Gabriel zufällig auf dem Weihnachtsmarkt.

„Na, ist Lilly inzwischen ein echter Wunsch eingefallen?", wollte der große Engel wissen.

„Ach Gabriel, es wird immer schlimmer, stell dir vor, jetzt will sie eine Meerjungfrau haben – hast du so etwas schon einmal gehört?"

„Eine Meerjungfrau? Sie will eine Puppe haben, die an Stelle von Beinen einen Fischschwanz hat? Na wenn das ihr großer Wunsch ist..."

„Keine Puppe – eine echte Meerjungfrau will sie haben!"

„Eine echte, eine wirklich lebendige? Ja aber das gibt es doch nicht." Gabriel schüttelte den Kopf. „Was sagen denn ihre Eltern zu dem Wunsch?"

„Die haben gelacht, ihr über das Haar gestrubbelt und gesagt, den Wunsch solle sie sich mal aus dem Kopf schlagen, denn sie wohnen ja leider zu weit weg vom Wasser. In der Stadt mit ihren Straßen würden Meerjungfrauen nicht leben können. Da ist Lilly wieder richtig wütend geworden und hat gesagt, dann wünsche sie sich eben auch noch einen großen Swimmingpool dazu. Für den Weihnachtsmann sei es bestimmt nicht unmöglich, ihr diesen einen Wunsch zu erfüllen!"

„Du liebes Lieschen!" Nun blieb sogar Gabriel die Sprache weg. „Was will sie denn bloß mit einer Meerjungfrau und wo will sie den Pool aufstellen – sie hat doch nur einen kleinen Balkon – und was tut sie im Winter mit einem Pool?"

„Der Pool soll auf dem Hof stehen und dann will sie mit der Meerjungfrau zusammen tauchen und plantschen und wenn es zu kalt ist, kann die Meerjungfrau ja in ihrer Badewanne liegen. Du siehst, Lilly hat an alles gedacht!" Philinchen sah Gabriel entschlossen an. "Wenn du mich fragst, ich wäre dafür, ihr in diesem Jahr mal nichts zu schenken."

„Ach nein – das würde ein zu trauriges Weihnachten für die kleine Lilly, ich lasse mir etwas anderes einfallen. Warte mal noch ein paar Tage. Ich habe da eine Idee..."

Ein paar Tage später: Lilly wollte ihren Augen nicht trauen – in ihrer Badewanne lag eine Meerjungfrau. Sie hatte lange blonde Haare und einen wunderschönen blau-grün schillernden Fischschwanz. Als sie Lilly sah, winkte sie dem kleinen Mädchen zu. Lilly blieb überrascht an der Tür stehen.

„Hallo, ich heiße Arielle. Ich bin dein Weihnachtswunsch. Der Weihnachtsmann hat mich hergeschickt, damit wir uns schon ein wenig kennenlernen.

Bei lebendigen Geschenken ist es nämlich wichtig, dass sich beide mögen. Komm, lass uns zusammen spielen."

„Meinst du wirklich?", fragte Lilly. Die Meerjungfrau nickte.

„Na klar, du wolltest doch mit mir schwimmen und tauchen, also komm nur - du wirst sehen, wir werden ganz viel Spaß miteinander haben – oder willst du am Ende gar nicht mehr - hast du Angst?" Sie sah Lilly prüfend an.

Angst hatte Lilly nicht, aber so hatte sie sich das nicht vorgestellt.

„Passen wir denn beide ..." Sie sah sich zweifelnd um, „meinst du, wir können in der Wanne zusammen tauchen und schwimmen?"

„Na klar, hier ist doch massenhaft Platz für uns beide. Kommst du nun oder soll ich wieder fort schwimmen?"

„Bloß nicht", sagte Lilly erschrocken, beeilte sich ihr Nachthemd auszuziehen und stieg in die Wanne. In dem Moment, als sie mit beiden Beinen im Wasser stand, wurde die Wanne riesengroß, ein richtiges Meer. Arielle fasste Lilly an den Händen und zog sie mit sich unter Wasser. Viele bunte Fische schwammen um sie herum und das Sonnenlicht malte helle Punkte auf den Meeresboden.

„Ist das nicht wunderschön hier unten im Wasser?" Arielle sah Lilly fragend an. Doch als diese antworten wollte, hatte sie den Mund gleich voller Wasser. Nun bekam sie doch ein wenig Angst. Arielle merkte von allem nichts und zog sie weiter mit sich, tief hinunter in das Wasser. „Komm, ich bringe dich zu meinem Vater. Wenn er dir über die Beine streicht, werden sie auch zu einem Flossenschwanz. Dann können wir beide noch viel besser zusammen schwimmen. Schwimmen mit Flossen geht nämlich viel schneller, als mit Beinen!"

Lilly wollte wieder etwas sagen - aber irgendwie ging das unter Wasser nicht. Plötzlich fand sie es gar nicht mehr so toll, eine echte Meerjungfrau als Spielkameradin zu haben - nur wie sollte sie das Arielle erklären? „ Warte mal bitte", wollte sie sagen und machte dazu den Mund auf. Da verschluckte sie sich und musste husten. Sie hustete, wollte nach Luft schnappen, hustete wieder und konnte gar nicht aufhören zu husten. Da stand Mama neben ihr und strich ihr über den Kopf. „Wach auf Schatz, setz dich mal hin. Ist alles in Ordnung? Du hast so doll gehustet und immer nach Luft geschnappt", sagte sie. „Ich habe einen richtigen Schreck bekommen."

„Ach Mama, da war doch immerzu Wasser in meinem Mund. Weißt du was - ich möchte doch lieber keine echte Meerjungfrau zu Weihnachten haben und...", sie holte erschöpft Luft und dann erzählte sie von der Nixe Arielle und der Badewanne, die zum riesigen Meer geworden war. Da endlich merkte sie, dass alles nur ein Traum gewesen war.

Als Philinchen ein paar Tage später durch Lillys Kinderzimmerfenster sah, lag wieder ein neuer Wunschzettel auf dem Kinderzimmertisch, darauf war eine Barbie –Meerjungfrau aus dem Spielzeugkatalog zu sehen. Lilly hatte sie ausgeschnitten und aufgeklebt – nur die Barbie – sonst nichts. Froh nahm der kleine Engel diesen Wunschzettel und brachte ihn sogleich dem Weihnachtsmann. Dort traf Philinchen auch den Engel Gabriel wieder.

„Na, war die Idee mit dem Traum nicht prima?", fragte der. Dankbar nickte Philinchen. Begeistert erzählte sie: „Und stell dir vor Gabriel, plötzlich will sie auch gar nicht mehr alles haben. Sie hat nur einen Wunsch auf ihrem neuen Wunschzettel. Endlich ist Lilly wieder so ein liebes und vernünftiges kleines Mädchen wie früher", sagte sie fröhlich.

Als Lilly am Weihnachtsabend ihre Geschenkpäckchen öffnete und darin eine Meerjungfrau - Barbie und für sich einen neuen Badeanzug mir der kleinen Meerjungfrau Arielle drauf fand, freute sie sich sehr – nur dass sie nicht gleich mit ihren Geschenken in der Badewanne spielen durfte, das fand sie doof.

Paul auf der Leiter

Dritter Advent - auf dem Weihnachtsmarkt rund um die große Tanne mit den vielen Lichtern standen unzählige Buden mit bunten Lichterketten. Hier konnte man Lebkuchen, Weihnachtsbaumschmuck, Holzspielzeug, warme Handschuhe, Marzipan und noch viel mehr kaufen. Dicht gedrängt schoben sich die Menschen durch die schmalen Gänge. Über Allem lag der Duft von Rostbratwürsten, Glühwein und Waffeln. Für die Kinder gab es Kinderpunsch und Zuckerwatte. Am Rand des Marktes standen die Karussells für die Gro-

ßen und die Kleinen, das Riesenrad, das Kettenkarussell und natürlich das Kinderkarussell mir den Pferden, der Kutsche, dem Hubschrauber und der Feuerwehr mit der großen Messingglocke. Aus vielen Lautsprechern erklangen Weihnachtslieder.
Heute, am dritten Advent, beteiligte sich auch die Freiwillige Feuerwehr der Stadt am Weihnachtsmarkt. Weil man viel öfter in einem Riesenrad oder dem Kinderkarussell sitzen kann als in einer echten Feuerwehr, standen hier besonders viele Kinder mit ihren Eltern oder Großeltern an. Wer Glück hatte, durfte nicht nur in einem der Feuerwehrautos sitzen, mit dem Schlauch in das Fenster einer Holzhauswand spritzen, er konnte sogar die große Leiter hinaufklettern. Dort musste man am längsten anstehen, denn immer nur ein Kind konnte mit dem Feuerwehrmann hinaufsteigen.
Auch Paul war mit seinem Opa heute auf den Weihnachtsmarkt gekommen, um einmal auf die große Rettungsleiter klettern zu können. Die Warteschlange war sehr lang. Geduldig stand er an. Endlich war er an der Reihe.

„Ich bin der Brandmeister Sven" begrüßte ihn der Feuerwehrmann „und wer bist du?"

„Ich heiße Paul, bin fünf Jahre alt und will auch Feuerwehrmann werden", erklärte Paul stolz, „darum will ich heute schon mal sehen, wie es sich anfühlt, auf der großen Leiter zu stehen."

„Das freut mich", erwiderte Feuerwehrmann Sven und hob ihn zu sich auf die Leiter. „Wie jeder Feuerwehrmann, musst du natürlich erst noch einen Helm aufsetzen. Ohne ihn gehen wir nie zum Einsatz".

Er gab Paul einen Helm und half ihm den Gurt zu schließen. „So nun wollen wir mal sehen, ob auf dem Weihnachtsmarkt alles in Ordnung ist, Kollege Paul", sagte der große Feuerwehrmann. „Von so hoch oben haben wir die beste Übersicht."

Viele Sprossen mussten sie hochsteigen bis sie endlich oben angekommen waren. Paul musste vor dem Feuerwehrmann laufen, damit der ihn jederzeit festhalten konnte. Paul staunte – war das schön hier oben. Er sah den ganzen Weihnachtsmarkt auf einmal.

Die vielen flinkernden bunten Lichter, die Buden und das Gedrängel der Menschen sahen fast aus wie, das Bild auf seinem Adventskalender. Aber Paul sah noch etwas: in einem Haus neben dem Weihnachtsmarkt konnte er direkt in das Fenster einer Wohnung sehen.

Dort stand ein Adventskranz mit brennenden Kerzen auf einem Tisch, aber Paul sah keinen Menschen in dem Zimmer, der auf die Kerzen aufpasste.

„Schau mal Kollege Feuerwehrmann", sagte er zu Sven und zeigte auf das Fenster „dort brennen Adventskerzen und ich glaube, niemand ist im Zimmer! Das ist doch gefährlich". Auch Sven sah den Kranz.

„Das ist sehr leichtsinnig, das darf nicht sein. Weißt du

was. Ich lasse mich ablösen und wir beide gehen in das Haus, klingeln einmal an der Wohnungstür und reden mit dem Besitzer des Adventskranzes. Es ist fast noch wichtiger einen Brand zu verhüten, als ihn zu löschen!"

So geschah es. Nachdem ein anderer Feuerwehrmann Svens Platz auf der Leiter eingenommen hatte, begaben sich Sven und Paul und sein Opa in das Haus und klingelten an der Wohnungstür. Aber so oft und so lange sie klingelten, niemand öffnete ihnen.

„Was machen wir nun?", fragte Paul. „Wenn gar keiner in der Wohnung ist, dann können die Kerzen nicht nur den Adventskranz, sondern sogar die ganze Wohnung anzünden. Und das so kurz vor Weihnachten... Kannst du das nicht verhindern?"

„Das muss ich sogar!" antwortete Sven. „Zuerst aber klingele ich mal bei den Nachbarn, hier im Haus. Vielleicht wissen die ja, wo der Bewohner ist."

Aber entweder war auch in diesen Wohnungen niemand zuhause oder die Nachbarn wussten nicht, wo die Mieterin aus der Wohnung mit dem Adventskranz sein könnte. Als sie dann erfuhren, in welcher Gefahr sie alle schwebten, baten sie Sven, ganz schnell die Wohnungstür zu öffnen und die Kerzen auszupusten.

„So einfach geht das nicht", erklärte Sven. „Da muss ich erst einmal meinem Oberbrandmeister Bericht erstatten!" Er griff nach seinem Handy und erklärte seinem Chef, welche Gefahr in diesem Haus drohte. Sofort bekam er den Befehl, die Wohnungstür zu öffnen, notfalls mit Gewalt.

„Besser eine kaputte Tür als eine ausgebrannte Wohnung!", erklärte der Oberbrandmeister und Sven machte sich sogleich ans Werk. Er hatte Glück! Das Schloss ließ sich ganz einfach öffnen, die Tür war nicht extra abgeschlossen.

„Du bleibst hier bei deinem Opa", sagte Sven zu Paul. „Ich sehe mich erst einmal in der Wohnung um, ob sonst alles in

Ordnung ist."

Eine kleine Katze kam ihm miauend entgegen. Sie strich um Svens Beine und lief dann zurück in die Küche. „Nanu, willst du mir etwas zeigen?", fragte Sven und ging ihr nach. Da sah er die Bescherung! Die Besitzerin der Wohnung lag auf dem Boden neben einem umgekippten Stuhl, ihr Bein lag seltsam krumm und um sie herum lagen viele Weihnachtsplätzchen. Sie waren aus einer großen Keksdose herausgefallen, die ebenfalls neben ihr lag. Die Frau schien wohl auf den Stuhl geklettert zu sein und hatte sich beim Umkippen dann den Kopf an der Tischkante gestoßen. Aus einer großen Platzwunde am Hinterkopf tropfte Blut und die Frau war nicht bei Bewusstsein.

Erst rief Sven den Krankenwagen und dann Paul, damit der die Kerzen auspusten konnte. Schließlich hatte er die Gefahr als erster erkannt, da sollte er sie auch beseitigen dürfen. Noch ehe der Krankenwagen kam, erwachte die Frau aus ihrer Bewusstlosigkeit. Sie wunderte sich über den Feuerwehrmann und das Kind in ihrer Wohnung. „Was ist denn passiert?", fragte sie. Sven erzählte, wie Paul den Adventskranz mit den brennenden Kerzen entdeckt hatte. „Ich habe mich gewundert, dass niemand auf die Flammen aufpasst", ergänzte Paul eifrig.

„Na dann bist du wohl mein Schutzengel gewesen", sagte die Frau erleichtert.

Als sie von der Feuerwehr ins Krankenhaus gebracht worden war und Sven, Paul und sein Opa das Haus verließen, standen die anderen Mieter vor der Haustür und klatschten ihrem Retter Paul Beifall. Längst hatte sich herumgesprochen, wie klug er gehandelt hatte.

„Ohne dich hätten wir sicher alle ein trauriges Weihnachtsfest gehabt", sagte ein Bewohner aus der zweiten Etage.

„Schützen, retten, bergen – ich habe nur getan, was ein guter Feuerwehrmann tut – stimmt's Feuerwehrmann Sven?", fragte Paul.

„Richtig, Feuerwehrkind Paul", sagte der, hob ihn auf seine Schultern und trug ihn durch die begeisterte Menge. Zuhause mussten Paul und sein Opa immer wieder von Pauls Heldentat berichten. Paul wurde zum Ehrenmitglied der Jugendfeuerwehr ernannt und vom

Bürgermeister bekam er kurz vor Weihnachten sogar eine Urkunde als Lebensretter. Die Hausbewohner schenkten ihm zum Weihnachtsfest die große Feuerwehrstation von Playmobil.

Inhaltsverzeichnis

Weihnachtsgruß	**3**
Gastarbeiter?	**5**
Weihnachten mal anders?	**14**
Weihnachtsliederhasse	**30**
Da waren Hirten auf dem Felde	**38**
Lost and found (1)	**43**
Lost and found (2)	**53**
Gans (?) anders	**60**
Schneewehen	**69**
Aus dem Nähkästchen	**78**
Zwischen den Fronten	**85**
Vom Engel Gabriel und anderen Engeln der Weihnachtsgeschichte	**104**

Theo und die Wunschzettel	**111**
Vorlesestunde	**123**
Die Geschichte vom Kullerkeks	**131**
Vom krummen kleinen Tännchen	**138**
Julepuppe	**146**
Kasimir und der nächtliche Gast	**154**
Als Eric nicht mehr an den Weihnachtsmann glaubte	**164**
Oma Krügers Tanne	**172**
Tippi und der Engel Gabriel	**181**
Flori, der Feuerschutzengel	**187**
Lilly will!	**191**
Paul auf der Leiter	**201**